ROHSTOFFLIEBE

Anastasia Weimer

Rohstoffliebe

short stories

Copyright © Anastasia Weimer 2025
Alle Rechte vorbehalten.
Lektorat & Korrektorat: Isabel Pfeiffer, Windsbach
Umschlaggestaltung: Linda Grießhammer, Eckersdorf
Satz: Sense of Sentence, Berlin
Verlag: BoD · Books on Demand GmbH,
Überseering 33, 22297 Hamburg, bod@bod.de
Druck: Libri Plureos GmbH,
Friedensallee 273, 22763 Hamburg
Printed in Germany· ISBN: 978-3-8192-4851-1

Für Fidel

»Bleibt niemand etwas schuldig, nur die Liebe schuldet ihr einander immer.«

Bibel, Römer 13,8

Grenzen der Nähe

Beide saßen wie schüchterne Kinder nebeneinander, aber nicht irgendwo im Café, sondern auf dem Rücksitz seines Wagens, wo sie niemand beobachten konnte.

»Nun ist ein Jahr vergangen, und so viel musste sich verändern«, sagte sie. Dabei schaute Yolanda ihn nicht einmal bei diesem Satz an, sondern richtete ihren Blick stur, so wie er, auf den endlos langen Sandstrand und das Meer.

Die Wellen wurden immer kleiner, als Rovan sein Interesse an ihnen verlor. Er drehte sich zu Yolanda um und betrachtete ihre marmorweiße Haut, ihre langen roten Haare und die grünlich klaren Augen.

Sie war so anders, unbeschreiblich schön.

Yolanda bemerkte seine Blicke und stellte eine Frage, um ihnen zu entgehen.

»Würdest du deine Frau verlassen?«, und rasch, als ob sie ihm die Entscheidung abnehmen wollte, denn sie wusste die Antwort bereits, fügte sie hinzu: »Für mich!«

»Es geht nicht, sie hat niemanden außer mich.«

»Und ich, wen habe ich schon?«, fragte sie ihn empört.

Das Auto war wie ein Gefängnis für sie, sie wollte flüchten, doch Rovan holte sie aus ihren Gedanken zurück.

»Ich liebe dich, ich weiß, es sind nur Worte, und nichts können sie über meine wahren Gefühle und Ängste aussagen, aber versteh mich doch einfach ...«

»Aber!«, unterbrach sie ihn, »es ist doch so, du vertraust ihr mehr als mir, und dabei liebst du sie nicht einmal. Wie soll ich das alles verstehen, Rovan?«

Ihre Stimme klang, als ob sie in Tränen untergehen würde.

»Ich liebe dich, Yolanda. Nur dich!«, sagte er zu ihr.

»Aber Rov, du hast meine Frage nicht beantwortet!«

Sie diskutierten nicht, sondern blieben, wie zuvor, stillsitzen. Die Blicke aufs blaue Meer gerichtet. Ihre einzige Intimität bestand darin, den Atem des anderen zu hören, weiteren Körperkontakt vermieden sie. Letztes Jahr hatte er gesagt, er wollte sie für immer und nicht nur für eine Nacht. Sie war sein. »Bring mich nach Hause«, sagte Yolanda, und ihre direkte Stimme brach tränenlos in seinen Ohren zusammen.

Irritiert setzte er sich wieder nach vorn, seine Hände zitterten, man sah es deutlich, als er das Steuer umfasste. Yolanda blieb wie eine Geisel auf der Rückbank sitzen, die Hände in ihrem Schoß vergraben. Sie wollte eine simple Erklärung von ihm. »Vielleicht nutzt er mich aus?«, fragte sie sich. »Ein hübsches junges Ding, das man vorzeigen und leicht verführen kann.« Doch gleichzeitig wusste sie, dass dem nicht so war.

Er betrachtete sie im Rückspiegel. Sie folgte seinen Blicken.

»Warum tun mir deine Augen so weh?«, schien sie zu fragen.

Er machte das Radio an. Musik schallte leise heraus. Sie verstand die Worte kaum, aber die Melodie war wie ein Tagebucheintrag. Ihre Gefühle waren in jener Melodie; den Text schrieb sie einst in ihr Tagebuch, wann, das wusste sie jetzt nicht mehr, aber sie hatte den Schlüssel verlegt, und nun war es die einzige Möglichkeit, sich an die Worte und die Gefühle von damals zu erinnern. Auch Rovan schienen die Worte des Liedes zu berühren, doch seine Reaktion übertönte er mit konzentrierter Gleichgültigkeit.

»Warte!«, rief plötzlich Yolanda und legte Ihre Hände auf seine Lehne, so dass sie auch seine Schultern streifte.

Rovan bremste perplex, fuhr an den Straßenrand, sodass Yolanda sich nach vorne setzen konnte.

Sie suchte seine Nähe und Wärme und legte ihre Hand auf seine. Tatsächlich, sie war warm.

»In der Nacht hatte ich einen Traum«, sagte sie.

»Welchen?«, fragte Rovan und freute sich über diese Nähe.

»Du bist gestorben, ich habe dich erdrosselt und konnte dich nicht wiederbeleben.«

Sie blieb ruhig sitzen, um seine Reaktion abzuwarten. Langsam drehte er den Kopf zu ihr um. Aus seinem starren Blick wurde sie nicht schlau. Dann fragte er: »Und du? Hast du denn um mich geweint?«

Sie zuckte zusammen; in diesem Leben war er schon einmal tot für sie gewesen. »Nein … ich meine, ein wenig«, sagte sie leise, als wäre es eine Beichte. »Ich erzähle dir, was dieser Traum bedeutet. Man sagt: Nimmst du mir mein Leben, so gibst du mir einen Teil von deinem Leben zurück. Danke, Sonnenschein.«

Er sagte *Danke*. Er bedankte sich, er sagte diese Worte und verletzte sie, weil sie eigentlich diejenige war, die ihm wehtun wollte. Er sollte leiden. Auf seinen Mundwinkeln breitete sich ein kleines Lächeln aus, als er sie voller Liebe ansah.

»Wir sind da!« Dieser Satz überforderte ihn, denn eigentlich wollte er nicht, dass sie ausstieg. Er sehnte sich nach Zärtlichkeit, aber er erwischte nicht den Moment, sie zu küssen. Tatsächlich wusste er nicht, was oder wen er lieben sollte. Er brauchte mehr Zeit.

Das Letzte, was er sah, waren ihr nacktes Gesicht und ihre grünen Augen, umrandet von einem dünnen, schwarzen Kajalstrich. Dann stieg sie aus. Sie ignorierte Rovans Versuch, sie zu umarmen.

Yolanda lief geradeaus und blieb vor einem Haus stehen. Sie wusste nicht, warum sie ausgerechnet jetzt nach Hause gehen sollte. Jeder Schritt fühlte sich an wie eine Flucht vor etwas, das sie selbst nicht benennen konnte. Vielleicht hätte sie zurücklaufen sollen. Die Wagentür aufreißen, sich neben ihn setzen, ihm ins Gesicht schreien, ihn schlagen, ihn küssen – so fest, dass ihm die Worte im Hals stecken blieben. Doch sie tat nichts davon. Stattdessen stieg sie in ein fremdes Auto, das am Straßenrand wartete. Die Tür fiel ins Schloss, und der Wagen fuhr davon.

Rovan beobachtete sie aus der Ferne. Sein Blick war starr, seine Hände krampften sich um das Lenkrad, als würde es ihn sonst fortreißen. Eifersucht fraß sich durch ihn wie ein stiller Brand. Sie gehörte nicht zu ihm, und doch fühlte er, wie ihr Verlust ihn in Stücke riss. Hatten die Mauern seiner Worte sie für immer voneinander getrennt?

Er drehte den Schlüssel im Zündschloss, ließ den Motor kurz aufheulen, als würde er losfahren wollen – ihr hinterher, zu dieser fremden Tür, zu einem Leben, das nie seins sein würde. Doch er blieb, wo er war. Eingesperrt in seinem Auto, in seinen Entscheidungen, in einer Liebe, die nie mehr als ein Versprechen war.

Die späte Sünde

Vittoria kannte ihre Grenzen, doch zu gern überschritt sie diese. Manchmal aus Langeweile, selten aber, um jemanden zu verletzen. »Bloß, wie soll man seinen Gatten lieben können, wenn man doch die wahre Existenz der Liebe kennengelernt hat?«, pflegte sie stets zu sagen, ohne ihren eigenen Worten selbst zu vertrauen.

Sie lief den Weg aus ihrem Bunker in den Garten, wo Rosen gediehen, die vom aufgehenden Mond erhellt wurden. Der Wind ließ die Blätter tanzen und umwehte sanft Vittorias Haar. Barfuß rannte sie zu dem Lager auf der anderen Seite, wo ihr Liebster auf sie wartete.

Vor der Tür blieb sie stehen und blickte um sich, um zu überprüfen, ob ihr auch keiner folgte.

Die zerbrechliche Blässe in ihrem Gesicht kam von den spärlichen Rationen, mit denen ihr Magen geschunden war.

Sie richtete das Kopftuch und klopfte dreimal schnell an die Tür. Krzysztofs Blick wanderte sofort zur Pforte, die rasch wieder verschlossen wurde. »Madame – ich küsse Ihre Hand«, sagte er, doch sprach er flüsternd, weil ihn keiner hören durfte.

Sein langes, dünnes Gesicht ließ nicht einmal ein Haar sprießen, doch der leidenschaftliche Ausdruck in ihren Augen trieb ihn bis zur Ekstase. Sein Leib zitterte beim Anblick ihres nackten Körpers. Und auf seiner Stirn bildeten sich feine Perlen, die im Licht der Nacht wie kleine Kristalle funkelten. Ihre Brüste waren apokalyptisch. Von dem wohlgeformten Körper, der einst kurvenumhüllt war, konnte man das Reich an Erfahrung nur erahnen.

Er war zu ihrem gefügigen Liebessklaven geworden, der sich Nacht für Nacht mit ihr im Bett vereinte. Krzysztof entstammte einer wohlhabenden Familie und studierte. Somit wusste er genau, nach welchen Geschehen der Lust er Vittoria zu verführen brauchte, um sie unter sich zu haben. Sie folgte seinen Liebkosungen und dabei brandmarkten ihre Augen das kleine Fenster neben der Tür.

Er flüsterte ihr ins Ohr: »Schau, alle schlafen bereits

tief und fest von der harten Arbeit, du kannst also lauter stöhnen!«

Vittoria lachte laut auf. »So kriegt jeder seine gehörige Ration«, begann sie zu scherzen. »Was ist mit deinem Mann?«, fragte er. »Nein, ich habe keine Bedenken, er denkt, ich sei bei einer Freundin. Wenn er wüsste, wer mich tatsächlich empfängt ...« Sie tippte mit ihren Fingerkuppen auf seine Brust. »Würde es ihn etwa stören? Eigentlich müsste er doch wissen, dass ich keinerlei Freundinnen besitze«, fügte sie voller verbissener Selbstironie hinzu.

Erleichtert kniete er sich vor sie und begann, ihre Oberschenkel zu küssen. Dabei schaute er ab und zu in ihr Gesicht, das ihm so künstlich unwahrscheinlich schön erschien. Sie blickte in seine braunen Augen, betrachtete den schmalen Mund, und die großen, durchdringenden Augen zerrissen ihre Seele. Soweit man als Mensch eine Seele besitzt, so war es in jenem Moment für sie, als würde ihre gefangene Seele von jenem Ort fliehen. Beim Liebesakt verlor sie ihre Schüchternheit vor dem doch so viel jüngeren Mann. Ihr legendärer Körper bog sich in allen möglichen Stellungen und ließ die sinnlichen Triebe hervorsprießen. Sie war Mann und Frau zugleich, stark, aber auch unterlegen. Sie zitterte vor Leidenschaft, er vergiftete sie mit seinen Liebkosungen. Er küsste sie so innig, als ob es das letzte Mal sei, dass er den hervorkommenden Saft des süßen Honigs von ihren Lippen küssen müsste. Es verging mehr als die halbe Nacht, ehe sie voneinander ließen.

Nach dem Akt küsste er ihre Stirn. Dann sagte er, sie solle nicht mehr hierherkommen, er habe jemanden kennengelernt. Einen Hauptmann, der ihm helfen werde, von hier zu fliehen. Am nächsten Morgen wollten die beiden weg aus Polen. Deswegen könne sie nicht mit ihm bleiben. Er sei auch nur deshalb hier, um sich zu verabschieden. Vittoria blieb der Atem im Rachen stecken. Dann begann sie übertrieben laut zu lachen, bis sie die Ernsthaftigkeit in seinen Augen sah. Es war kein Scherz eines jungen Knaben. Nein, seine Worte hatte er deutlich gesprochen und sie verletzten Vittoria zutiefst. Bald wurde ihr klar, dass sie durch die Hoffnung auf Freiheit eingetauscht werden sollte.

Man konnte sogar beten, aber es nützte nichts. Das Publikum in ihren Ohren buhte und zischte auf sie herab. Ist Liebe nicht ein wertvoller Gedanke Gottes oder ein erfundener Fluch der einsamen Frauen? Vittorias Gefühle wechselten von einer Sekunde zur nächsten von Liebe zu Hass, zu Schmerz und Wut. Dann empfand sie stumpfes Nichts, einfach nur Nichts.

»Ich habe dich zu dem gemacht, was du heute bist!«, schrie sie. »Ich war diejenige, die dich formte und lehrte. Hast du das etwa vergessen, und soll das der Dank für alles sein?«

Krzysztof senkte verlegen den Blick. Er wurde unangepasst stumm. Auf seiner kahlen Brust zuckte ein Muskel. Sein Herz war aufgebracht, auf keinen Fall wollte er Vittoria wehtun. Er wusste, dass sie an seiner Seite eine glückliche Frau war, aber er liebte sie nicht. Auch wollte er sie nicht demütigen, doch der hypnotische Zauber war vorbei, sobald er mit ihr gebrochen hatte.

Vittorias Körper umschlang immer noch der dreckige Lumpen, in den sie ihren Körper, eine Hülle aus Schmerz und Eisen, einhüllte. Sie sah aus wie eine zerbrechliche Raupe. Zahlreiche Affären hatte sie schon durchgemacht, doch niemals hatte sie sich so hoch verschuldet wie in der Liebe zu ihrem einstigen Schüler, Krzysztof.

Er zog sich langsam an. Die feine Bluse war ein wenig zerknittert. Er knöpfte das Hemd zu und sagte mit einer Stimme voll tiefer Bitterkeit: »Vittoria, in meiner Liebe zu dir war ich immer aufrichtig ...«

»Lügner!«, schrie sie, »du Heuchler!«

Krzysztof hielt ihr den Mund zu, woraufhin Lampen aufleuchteten.

Er antwortete treusorgend, und seine Hand ließ von ihrem feuchten Mund ab: »Was hätte ich davon, dich zu hintergehen?«

»Ich weiß nicht, aber was habe ich davon, die Wahrheit zu hören?«, entgegnete sie ihm in einem monotonen, kalt klingenden Ton, den sie auf die Erde spuckte.

Der Raum drückte auf sie nieder. Wegen der vielen Holzbetten, die übereinandergestapelt waren, schien alles kleiner, enger und nutzloser zu sein. Wozu um ein Leben kämpfen, wo doch der Lebenssinn auf sein

Urteil wartet? Wozu dieses Mitleid? Wozu Abschied nehmen an einem Ort, an dem man die Asche toter Seelen atmen muss?

Beide waren so fern voneinander.

»Und was wird aus mir?«, fragte sie leise, ohne eine Antwort zu erwarten, wie ein Kind, das sein eigenes Spiegelbild nicht betrachten möchte.

Bruchstücke der Vergangenheit lagen in der Zukunft gefangen.

»Ohne meine Zustimmung darfst du von diesem Ort nicht gehen!«, diktierte sie mit Entschlossenheit in der Stimme.

Unruhe füllte sein Herz. Ein flüchtiger Blick auf die Skelette der umliegenden schlafenden Körper ließ in ihm verwirrende Widersprüche aufkommen. Seine Fantasie zerriss die inneren Monologe. Der Kontakt zu seinem Gott existierte nicht mehr. Auch ein gott-loser Mensch betet in schwierigen Situationen, weil er versteht, dass er als Mensch nicht viel Macht be-sitzt. Aber trotzdem bleibt er gottlos oder, wie *Sie* es sagen würden, *hilflos*.

Er lehnte die Religion seiner Mutter ab und befreite sich von diesem Gott. Er war zu einem von *Ihnen* geworden, aber das nützte ihm nichts. Er brach mit seinem Glauben, so dachte er. Dabei verließ ihn Gott, genau wie damals seine Mutter ihn mit vier Jahren verlassen hatte.

Seine Einbildungskraft reichte nicht, um in diesem Krieg zu überleben.

Der Himmel trägt kein Gewicht

Irgendwie war alles gleich. Schon wieder. Sie wusch sich die Hände. Das Geld, welches sie gezählt hatte, war dreckig, und nun stanken auch ihre Hände, weil sie es angenommen hatte.

Der Spiegel über dem Waschbecken im Umkleide- raum verheimlichte ihr ausnahmsweise einmal nichts.

Die schwarzen, langen Haare fielen schwer über ihren Rücken. Sie mussten am Ansatz wieder etwas nachgefärbt werden, denn die Vergangenheit kam erneut zum Vorschein. Mit blondierten Haaren sah sie auch schön aus; damals war sie wirklich schön gewesen, aber auch dumm.

Wie viel Zeit seit damals vergangen war, daran konnte sie sich nicht mehr erinnern. In zwei Stun- den musste sie bei ihrem Vater im Krankenhaus sein. Sie wünschte, er schliefe im Wachkoma; sonst müsste sie ein Thema finden, auf welches er bereit war zu antworten oder überhaupt etwas zu sagen, denn obwohl er die letzten paar Male, als sie ihn besucht hatte, nicht mit ihr gesprochen hatte, hatte er ein Gesicht gemacht, als ob sie etwas unerhört Verletzendes gesagt hätte. Ihr war es unangenehm gewesen, denn vor dem Pfleger hatte er so getan, als sei sie Luft.

Sie föhnte sich ihre Locken raus, damit sie ihrer Schwester nicht so ähnlich sah, und flocht sich einen Zopf. Den überflüssigen Lidschatten entfernte sie, und den langen Hals, auf dem noch ein Hauch Parfüm war, wusch sie und trocknete ihn so lange mit dem Handtuch ab, bis er wund war. Die roten Äderchen in ihren Augen waren ganz klar zu erkennen. Nach einem prüfenden Blick in den Spiegel verschwand ihr Bild von der Oberfläche.

Ihre Schuhe versetzten sie mit ihrem Absatz einige Zentimeter über den kopfsteingepflasterten Boden. Es nieselte, und die Leute gingen alle mit gesenktem Kopf an ihr vorüber. Ihre Lächeln waren unter einem Mundschutz versteckt.

Ein Erreger kursierte um die Straßen, erneut Grippe, erneute Panikmacherei.

Im Grunde ging es Gilda nichts an. Sie war immun gegen alles.

Auf der anderen Straßenseite stieg sie in den Bus und setzte sich ganz vorn ans Fenster. Zwei Nonnen saßen ihr gegenüber. Eine trug ein Kreuz an einer langen Kette. Gilda blickte sie verschämt an, und Haarsträhnen fielen ihr über die Augen.

Sie saß auf ihrem Platz, und in ihrem Kopf spielte ihre Lieblingsmelodie, während sie nebenbei an dies und das dachte. *Musste man immer dort aussteigen, wo man dachte, man hätte den kürzeren Weg zu gehen?* Sie wollte nichts überstürzen, aber diesen Ausstieg plante sie schon eine ganze Weile.

Diese Art von Flucht war wie ein Wegrennen vor sich selbst und der Krise, in der sie sich befand. Sie war diejenige, die alles auf einmal haben wollte, aber sie wusste, dass nur sie allein alles erreichen konnte, ohne ihn. Aber da war ja noch ein Kind. Sie war ohne alles nach Italien zurückgekehrt. Er hatte sie aufgenommen, sie angezogen, ihr zu essen gegeben, Geborgenheit, eine Familie. Und anschließend angezogen und wieder auf die Straße gestellt. Von alleine würde sie nicht weglaufen, so dachte ihr Ehemann, aber sie wollte erneut zurück, dorthin, von wo sie kam.

Die Zimmertür war verschlossen; er drehte den Schlüssel zweimal um, bevor er sich gelassen aufs Bett legen konnte, ohne befürchten zu müssen, es könnte gleich jemand Unerwartetes hereinplatzen. Er sah keinen Ausweg mehr. Und sein Tränenausbruch half ihm nun dabei, die Dinge zu überschauen und über sie nachzudenken.

Die Musik schallte aus einem kleinen Radio. Gerade hatte er zu Mittag gegessen, und jetzt war nichts los. Also blieb er liegen, wischte sich die Tränen weg und starrte an die Decke, an der eine Fliege klebte. Er fixierte die Fliege und tastete sich langsam an die in der Ecke stehende Fliegenklatsche heran. Dann stand er auf und streckte sich nach oben, näher zur Decke hin. Die Kraft der Musik ergriff seine innere Ruhe; trotz allem verstand er kein Wort. Der Chasonsänger sang nahezu mit jedem Wort dramatischer und dramatischer.

Auf der Kommode standen Porzellanfiguren und schön verzierte Bilderrahmen, aus denen immer nur eine Frau lächelte. Alle Bilder waren schwarz-weiß, aber trotzdem konnte man sehen, dass diese Frau etwas Besonderes war. Schönheit braucht keine Farbe. Zumal sein Herz an ihr hing.

Er stellte sich auf Zehenspitzen und holte mit der Hand Schwung, doch die Matratze wollte seinen Balancierakt nicht aushalten – er verlor jegliches Gleichgewicht, fiel vom Bett auf den Boden und schlug zuerst mit dem Ellenbogen, dann mit dem Kopf auf.

Der Sturz war so laut, dass draußen jemand zu rennen begann.

»Signore«, rief eine entsetzlich aufgebrachte, grelle Männerstimme.

»Mamma mia, hoffentlich ist Ihnen nichts passiert! Können Sie sich bewegen?«, fragte der Typ, der sich wegen seiner engen weißen Hosen kaum auf die Knie wagte.

Aber der Alte stand einfach auf, wie ein junger Boxer, der sich im Ring nichts gefallen ließ. Er blickte zur Tür, er dachte, er hätte den Schlüssel umgedreht; dabei hatte er sie geöffnet, ohne zu ahnen, dass sie vorher schon einmal von ihm abgeschlossen worden war, und setzte sich aufs Bett. Er senkte seinen Blick, und auch der Pfleger schaute auf den Boden, und er war erstaunt, dass der alte Mann keinen Schmerz verspürte.

Er stützte sich mit den Händen auf der Bettkante ab, während der Pfleger ahnungslos vor ihm stand und darauf wartete, einen Seufzer des Schmerzes zu hören.

»Gab es einen besonderen Grund für dies? Sind Sie etwa bei Ihrem Nickerchen wieder vom Bett gefallen?«, fragte der Pfleger und winkte freundlich ab.

»Nein, nein, ich wollte die Fliege da töten. Aber das ist mir nicht gelungen«, sagte er in grimmigen Ton.

»Sie sollten besser nicht weitere Scherze treiben, Signore. Ihr Gesundheitszustand ist noch nicht stabil genug.« Der Pfleger schüttelte das Kissen auf.

»Mein Leben basiert doch sowieso nur noch auf Tabletten, die meinen Gesundheitszustand aufrechterhalten. Und die vergiften früher oder später meinen Körper sowieso«, sagte der Alte, stand vom Bett auf und begab sich zur Kommode.

»Wie war!«, dachte der Pfleger gedankenversunken nach, während der Alte weitersprach.

»Ich habe die Hälfte schon vor langer Zeit vergessen, und was kommen wird, interessiert mich nicht überhaupt nicht.«

Irgendwie hatte der junge Pfleger ein komisches Gefühl. Merkwürdig, aber nicht bizarr, sodass man sich mit dem Gedanken anfreunden konnte, wenn er doch nicht so erschreckend auftauchen würde.

Signore Zuccola hatte den Zweiten Weltkrieg überlebt; er träumte damals noch. Damals war er noch sehr jung gewesen. Heute sah er nur die zerplatzten Seifenblasen hin und her schweben. Vielleicht begann der Alte jetzt laut nachzudenken. Er nahm etwas von der Kommode, ja, und zum ersten Mal erzählte er etwas Persönliches von sich aus.

»Das kleine Boot ist ein Geschenk meiner Tochter gewesen; sie hat es als kleines Mädchen gebastelt. Sie wünschte sich ein Haus mitten auf dem See. Und mit dem Boot konnte ich sie dann immer besuchen kommen.«

»Was ist jetzt? Wo ist sie nun? Hat sie etwa ihren

Traum verwirklicht?«, fragte der Pfleger und strich sich durch sein lockiges, langes Haar.

»Ich weiß nicht, wo sie ist. Die Mädchen begannen irgendwann, ihr eigenes Leben zu führen. Sie werden erwachsen und stur. Was aus ihren Träumen wird, hm ... Wenn Kinder groß werden ... Nun, sie gehen manchmal in Erfüllung, aber man darf nicht daran teilhaben.«

»Aber eine Ihrer Töchter habe ich schon sehr oft hier gesehen; die kommt doch regelmäßig.«

»Ach, sie hat doch bloß ein schlechtes Gewissen. Sie ist schon lange nicht mehr mein kleines Mädchen. Die Zeit vergeht so schnell, und manchmal findet man nicht die Zeit, etwas wieder gutzumachen.«

Signore Zuccola ging an den Tisch heran und zog seine Uhr auf.

»Hatten Sie Streit mit der anderen Tochter? Wieso besucht sie Sie denn nicht?«

Der Alte blickte mit tränenlosen Augen zu dem jungen Mann. »Sie starb im Haus am See. Sie nahm sich das Leben, vermutlich aus Liebeskummer«, sagte er so gleichgültig, als ob er die Trauer bereits überwunden hätte.

Dem Pfleger blieb nichts anderes übrig, als zu schweigen. Jede Anteilnahme war sinnlos, wie der Selbstmord des Mädchens. »Was für Schicksalsschläge andere Menschen treffen«, dachte er. Und vielleicht waren die Schläge der Uhrzeiger nichts anderes als vorwarnende Veränderungen, die uns noch bevorstehen. Die Falten in Signore Zuccolas Gesicht waren so tief, und die Augen waren in den Augenhöhlen eingefallen. Wie schnell dieses Leben vorbeiging, bemerkte der gutaussehende Mann, dessen Jugendlichkeit im letzten Frühling aufzublühen begonnen hatte; doch erst jetzt krallten sich seine Hände mit den Nägeln in die verschränkten Arme.

Der alte Mann bemerkte davon nichts. Er sah nicht das erschrockene Gesicht seines Pflegers, der mit dem Leben und dem vergänglichen Dasein in jener Sekunde konfrontiert worden war. Der alte Mann schaute aus dem Fenster und beobachtete die fallenden Blätter, die im Wind sachte hin und her wogen, bis sie langsam herunterschwebten und die nasse Erde berührten, auf die schon viele andere Blätter vor ihnen gefallen waren.

Es klopfte an die angelehnte Tür. Der Pfleger war überrascht, dass um diese Zeit Besuch zu Signore Zuccola kam. Aber er ließ den Moment los und verließ mit einem zuvorkommenden, beinahe bedauernden Lächeln das Zimmer.

Gilda trat ein. Sie wickelte das Schaltuch vom Hals und blickte zu ihrem Vater, doch er wandte ihr den Rücken zu.

»Vater, wie geht es dir?«, fragte sie, während sie auf ihn zuging, und nebenbei die Musik ausmachte. Sie umarmte ihn leicht und küsste ihn auf die linke Wange. Auch er trug einen Mundschutz; er konnte sie nicht küssen, auch wenn er es gewollt hätte.

»Du weißt doch noch, dass ich dir letzte Woche versprach, den Karton mit Mamas Gedichten mitzubringen, oder? Vater! Na ja, hier hast du ihn.« Sie stellte den kreisrunden Karton auf dem Tisch ab und legte ihre kleine Handtasche daneben. Dann nahm sie diese aber wieder in die Hand.

Für sie glich er einem Komapatienten, denn er blickte drein, als ob er in irgendeiner Träumerei gefangen war. »Ich bin allein. Nicola ist nicht mitgekommen, aber er wollte dich sehr gern besuchen ...«

»Du bist immer allein – egal, wen du um dich hast, oder vorgibst zu haben«, sagte ihr Vater plötzlich, und sie zuckte zusammen, weil sie schon so lange seine kräftige, raue Stimme nicht mehr gehört hatte. »Wann kann ich ihn sehen?«

»Er ist ziemlich oft mit seinem Papa unterwegs; ich kann ihn dieses Wochenende nicht vorbeibringen. Dann, wenn das Wetter besser ist, vielleicht ...«, antwortete sie ihm sehr schnell.

Eine kurze Stille der Unruhe war aus ihrem unvollendeten Satz herauszuhören.

»In diesem kleinen Zimmer kann man keinen klaren Gedanken fassen. Wenn er wenigstens das Fenster öffnen würde«, dachte sie bei sich.

»Was ist am Wochenende? Hat man dich wieder für das ganze Wochenende gebucht?«, fragte er verächtlich mit einem Hauch von Bitterkeit in der Stimme.

»Vater, hör auf, es geht dich nichts an.«

»Warum gibst du es nicht zu? Du bist nach wie vor da, richtig? Ich sehe es dir doch an. Dein Sohn schämt sich für dich, deswegen will er nicht bei dir sein, Gilda.«

Es herrschte einen Moment lang Stille.

»Ich arbeite wie jeder normale Mensch auch, und dass ich ab und zu Überstunden machen muss, versteht Nicola, und es geht ihm gut. Er hat seinen Papa und Freunde um sich.«

»Ausreden, Gilda. Nach wie vor nur Ausreden. Du hast schon immer die Dinge so hingebogen, wie es dir passte, um besser damit umzugehen. Du hast dich nicht geändert.«

»Was willst du von mir? Wieso musst du zwischen unser Verhältnis eine Mauer stellen? Reicht dir nicht, dass ich einfach hier bin, dich besuche? Ich, deine Tochter?«

»Ich wünschte, du würdest nie wieder herkommen.«

»Jetzt fängst du damit an.«

Sie hielt die Handtasche nah am Körper, und ihre Finger wurden rot, weil sie sie so sehr festhielt. Sie könnte in diesem Moment die für sie so unangenehme, verletzende Situation umgehen und, wie sie gekommen war, gleich wieder verschwinden. Aber auch wenn es sich der alte Mann wünschte, sie konnte ihn nicht einfach verlassen; er war auch so die ganze Zeit über allein. Er hatte keine Freunde mehr, er brauchte keine Freude mehr im Leben.

Nachdem er den Sinn des Lebens endlich verstanden hatte, spuckte er aufs Leben.

»Gilda.«

»Ja!«

»Ach, nichts.« Aber aus reinem Nichts hätte er nicht die Schmerzen in der Brust.

Sein Blick war auf sie gerichtet; er sprach lautlos von Verzeihung, aber sie hörte es nicht. Es war wie ein stummes Schattenspiel. Man verstand nichts, und diese Menschen waren sich so fremd und unverkennbar bewusst, dass sie miteinander verwandt sein mussten. Denn diese Bindung spürten beide insgeheim und sie vermissten sich.

»Ich wollte eigentlich mit dir sprechen, denn ich reise ab. Schon sehr bald, und wer soll dich dann besuchen?«, fragte sie ihn, doch es klopfte an die Tür, und er hatte keine Chance, ihr etwas zu antworten.

»Signore Zuccola, es wird nun Zeit für Ihre Medizin.«

»Tabletten? Vater, sind die Schmerzen immer noch so schlimm?«, fragte sie ihn, schaute aber den Pfleger, um Informationen bittend, an.

Gildas Vater hatte sich in den Mund geschossen; das

war vor einem Jahr, damals, als er beschlossen hatte, zu sterben. Die Kugel war durch den Gaumen zur Nase geflogen. Stücke vom Kiefer waren zertrümmert und die Haut um den Mund gerissen; der Schuss hatte ihn in Fetzen gerissen, nur nicht umgebracht. Die Nasenknochen waren zerschmettert, und bei einer Not-OP war die Kugel entfernt worden. Nicht anders war es passiert, aber das hatte ihn verdammt nochmal nicht getötet. Er war nicht gestorben, es war nicht seine Zeit gewesen.

Nun trug er eine Maske. Man wollte dafür sorgen, dass er in den nächsten Tagen eine Prothese bekam. Eine ästhetische Operation war ihm überlassen.

Er wollte nur bedingungslos sterben, aber die Flinte hatte ihm nicht das Gehirn weggepustet. Er hatte keinen Plan gehabt; zuerst war er schockiert gewesen, er dachte, er sei tot. Aber als er die Schmerzen spürte, wusste er, dass er noch am Leben war. Nach dem Schuss war er gut ansprechbar; eine Haushälterin fand ihn blutüberströmt im Arbeitszimmer und rief zuerst Gilda und dann den Notarzt an. So kam sie wieder in Kontakt mit ihrem Vater, deswegen kam sie zurück.

»Hier, bitte ...«, sagte der junge Pfleger und übergab Signore Zuccola die Tabletten und einen Plastikbecher mit Wasser.

Gilda sah sich diesen großen, schlanken Mann an; sie wollte sich ablenken, denn sie hatte Angst, ins Gesicht des Vaters zu blicken.

»Schön, alles runterschlucken.«

Die Existenz der Gedanken an Selbstmord ist erniedrigend, denn sie versprechen uns Erlösung, das Ende der Qual. Aber die Seele, geht nicht von uns, bevor ihre Zeit nicht zu Ende ist. Gedanken sind die wahren Unruhestifter. Sie sind diejenigen, die uns leiden lassen und uns, wie im Wahnzustand, zu Halluzinationen verleiten. Lösen wir uns von den Gedanken, befreien wir uns vom Denken. Halten wir an dem fest, was wir wissen, anstatt uns mit trüben Bildfantasien zu vergiften. Gefangen in einem früher so athletischen Körper, war er nun unfähig geworden, sich selbst zu richten.

Aus seinen mitleidvollen Gedanken sprach er heraus: »Geh nun, Gilda. Lebewohl.« Sie schaute nicht zu ihrem Vater. Er war wütend; das war klar in seiner Stimme zu hören. Es war kein Abschied vom Vater, eher von einem Bekannten, den man bloß alle paar Wochen sieht.

»Vater, ich bin ... Ich war nicht diejenige, die dich verlassen hat. Du warst es, der Mama und mich und Sandra im Stich ließ. Anstatt die Fehler in Mama aufzuzählen, hättest du lieber deinen eigenen Fehlern Beachtung schenken sollen. Niemand ist perfekt, aber da du dich für Mama aus Liebe entschieden hast und zu nichts gezwungen wurdest, hättest du lernen müssen, zu verzeihen und sie zu respektieren, und sie nicht wie ein kleines Kind bevormunden sollen oder gar zu betrügen. Du hättest dich nicht scheiden lassen dürfen; damit hast du unser aller Leben ruiniert. Wir gehörten zusammen, aber du hast aus unserem Familienbild ein groteskes Puzzle gemacht.«

Der Wind blies ihr ins Gesicht, und eine Wimper gelangte dadurch in ihr Auge.
Durch das Treiben des Windes wurde auch ihr Monolog an den Vater mitgerissen. Wohin? Bestimmt weit weg bis zu den Wolken. Sie fixierte sich auf

jenen nie erreichten Zustand. Dort war sie gefangen. Die Ängste in jenem Moment konnte ein sterblicher Gottloser nie begreifen.

Die Straße war leer; obwohl zu dieser Zeit Berufsverkehr herrschte, hörte sie doch außer den Vögeln nichts. Sie holte ihren Spiegel hervor und schaute nach dem Make-up. Heute Morgen schien es ihr, als hätte sie viel zu viel aufgetragen, als sie in Francescos Badezimmer nackt vor dem Spiegel stand. Bestimmt war die Schminke in die Poren eingesogen worden. Wirklich nahezu perfekt sah sie aus, wäre da nicht das stete Schweigen ihres Lachens gewesen.

Sie schaute auf die Hausfassaden, und alles war so friedlich und malerisch in warmen Farbtönen, mit Pflanzen in Tonkübeln am Balkon. Sie ging gedankenversunken weiter.

Wozu leben, wenn man bestimmt ist, am Tag seiner Geburt sein Todesdatum zu erfahren und es doch nicht zu wissen? Man stirbt. Ein tiefer Atemzug folgte. Eines schönen Tages, vielleicht am Sonntagmorgen, werden die Menschen aufwachen und sich zum Frühstück begeben. Kinder werden auf den Spielplatz rennen, um dort herumzutoben. Nach dem Sonntag würde bald ein Feiertag folgen. Irgendwo fällt der erste Schnee, und jemand ist in Raserei, weil er kurzfristig arbeiten muss, und man selbst ist kein Teil des Lebens mehr ... Kein Teil dieser Hektik. Man ist tot. Man hat irgendwann im Laufe eines Tages aufgehört zu atmen. Die Welt dreht sich weiter, laut und unaufhaltsam, und man bleibt zurück, ein stiller Beobachter, der weder gesehen noch gehört wird. In diesem Moment fühlt sich der Tod nicht wie ein Ende an, sondern wie eine Befreiung von allem, was niemals wirklich gehört hat.

Vergissmeinnicht blühten auf der anderen Straßenseite. Ein schwarzer Wagen fuhr vorbei. Gilda beobachtete das vorbeifahrende Auto, ging jedoch den Bürgersteig weiter hinunter. Anscheinend musste der Mann im Auto sie bemerkt haben, denn er wendete gezielt das Auto und fuhr langsam in ihre Richtung. Der zunächst nieselnde Regen wurde jetzt immer stärker. Gilda suchte Zuflucht, aber der Fahrer hupte kurz und gab zur Kenntnis, dass sie sich bei ihm verstecken konnte. Gilda lief zum Straßenrand, hielt ihre kleine Handtasche über dem Kopf und sprang ins Auto.

»Die Sonne Italiens scheint ständig, aber der Himmel muss auch mal weinen dürfen«, sagte der Mann, und ohne, dass er sich vorstellte, hatte Gilda ihn sofort erkannt.

»Francesco. Ich habe ganz vergessen, dass ich dir Bescheid gesagt habe, wo ich bin, damit du mich von hier wegbringen kannst.«

»Wohin soll ich dich fahren?«, fragte Francesco lässig, denn das Auto war neu, und er griff mit einer Hand an das Steuer, und mit der anderen suchte er nach ihrer Hand.

»Hast du meinen Koffer dabei?«

»Sì, habe ich. Er ist im Kofferraum.«

»Gut, dann lass uns lieber sofort zum Flughafen fahren.«

»Aber wir haben noch bestimmt fünf Stunden bis zum Check-in.«

»Ich würde lieber keine Sekunde an einem anderen Ort verbringen wollen«, sagte sie und ihr sonst so ungezähmter Blick floh ans Fenster. Ihre Augen suchten das unerreichbare Nichts.

Er hatte bestimmt Geld und Zeit, sich dem Regen auch anders zu entziehen, aber wenn Gilda etwas wollte ... Er überredete sie nie zu irgendwas. Sie bemerkte, wie er, kurz bevor er den Motor startete, nicht in den Rückspiegel schaute, sondern auf ihren Rock, der ihre Knie streichelte.

Sie fuhren den Monumento Vittorio Emanuele II entlang, einen gewaltigen Säulenkomplex und einer riesige Bronzeskulptur, die einen reitenden König zeigte. Mitten im Verkehr, mit rasenden Motorrollern, gestresst hupenden Autofahrern – ein Lärmteppich, ein reines Chaos.

Gilda sah an den vorbeifahrenden Geschäften entlang. Sie versuchte alles zu vergessen. Doch hinter den falschen Wimpern lagen unscheinbare braune Augen versteckt, die mit Tränen gefüllt waren.

Sie lebte in einer Art Maskenwelt; das war ihr klar, denn sie verschleierte ihre Gedanken und Gefühle. Aber wollte sie für immer so sein? Sie drängte sich krampfhaft in ein Leben hinein, das doch anders verlaufen sollte; jetzt wollte sie fliehen. Es war der Zeitpunkt zu gehen. Doch wer sollte mit ihr kommen? Quasi ihr ein Komplize sein?

Ihre Gedanken zerschnitt ein Blitz.

»Wirst du mich vermissen?«, fragte Francesco. »Da, wo du hingehst, werden da noch Gedanken an mich existieren?« »Aber natürlich, caro mio«, sagte sie. »Wie könnte ich an dich nicht denken. Wir werden bestimmt nicht glücklicher sein, ohneeinander.« Er lachte kurz, dann nahm er aus seiner Jackentasche eine kleine, rote Schachtel und übergab sie ihr. »Du bist leicht zufriedenzustellen. Aber einfach so kann ich dich auch nicht gehen lassen.« Sie lächelte und öffnete das Schächtelchen. Eine goldene Kette mit Medaillon lag darin. Das Medaillon war an der Seite mit einem kleinen, roten Stein besetzt. Einem Rubin.

»Wir hatten ein ganzes Leben Zeit, uns füreinander zu entscheiden, mein Liebling. Jetzt gehe ich aus deinem Leben; es ist besser, nichts von dem anderen zur Erinnerung zu haben. Es reicht der Gedanke.« Sie wollte ihm das Geschenk zurückgeben, aber er nahm es nicht.

»Dann lass das Medaillon zu, aber bitte trag es an deinem Herzen.«

Beide lächelten, obwohl es doch eigentlich solch ein trauriger Abschied werden sollte.

Sie stiegen aus, und die Blätter unter ihren Füßen, die kahlen Bäume und die davonfliegenden Vögel verabschiedeten sie.

Ja, sie strebte nach einem besseren Leben, ohne ihren Kopf emporzuheben und in den beschrifteten Himmel zu blicken.

Was wohl ihr Ehemann jetzt tat? Bestimmt empfand er nichts in jenem Moment. Er hatte gesehen, dass ihre Sachen weg waren: ihr Make-up, ihre Schuhe. Der Sohn war noch in der Schule. So dachte sie, und empor stiegen ihre Tränen. Sie waren so heiß auf ihren kalten Wangen.

Sie schloss die Augen, und ihr Herz brach. Das Medaillon fiel aus ihren Händen auf den Boden. Es öffnete sich. Nicolas Bild neben dem von Francesco. Ihre liebsten Männer.

Francesco hob es auf und küsste sie auf die Wange. Er schmeckte die salzige Träne. Und obwohl er etwas sagen wollte, fühlte er mit ihr, ohne großartig viele Worte aufzugreifen. Trost konnte man aus Sprachlosigkeit nicht pressen.

Sie musste nirgendwo hin. Wieso beeilte sie sich also, wegzulaufen?

Ein Taxi hupte ein paar Mal, damit man ihm den Weg freimachte. Beide gingen über die Straße. Francesco trug Gildas Gepäck; andere Menschen liefen unter Regenschirmen zum Eingang des großen Flughafens. Sie alle vermissten wohl die Sonne, die die Wolken verjagt hatten.

Gestern vor einer Woche war ihr Geburtstag gewesen. Aber auch das interessierte sonderlich keinen. Sie lächelte Francesco unter Tränen an, aber aus seinen Augen kam lediglich die Traurigkeit hervor. Sie drückte seine zarte Hand. Noch zarter waren seine Fußsohlen, das hatte sie in der Nacht zuvor bemerkt.

Es war so dunkel geworden, dass sein weißes Jackett die großen Scheinwerfer reflektierte. Als sie sich nach ihm umdrehte, flog ihr Schaltuch mit einem Windhauch für immer mit den tanzenden Blättern davon.

Sie gingen durch eine riesige Glastür in den Flughafen hinein. Sie setzten sich in eine Bar. Francesco holte zwei Kaffee. Sie hatten Zeit, und es war noch zu früh, deswegen schmiegten sie sich aneinander und wärmten ihre Hände an den heißen Kaffeebechern.

»Weißt du noch die eine Nacht im Sommer, als wir einfach nur so herumgefahren sind, und es wurde so spät, dass alle Geschäfte schlossen und ich so dringend auf die Toilette musste? Und du sagtest: ‚Du hier ... Ich geh mal dorthin. In die Büsche ...'« Sie verkniff sich das Lachen, um seine Reaktion zu beobachten.

Er nickte traurig. Wahrscheinlich konnte er nicht lachen, aus einem Grund, den jeder Mensch nachvollziehen kann, dessen Seelenpartner es vorgezogen hat, einfach davonzugehen, und den anderen zurückzulassen.

»Ich habe Schwangerschaftsstreifen am Po, an den Oberschenkeln ... Aber das ist doch genauso, wie wenn ein hübscher Mann eine Schramme im Gesicht hat, es trübt seine Schönheit nicht, oder?«, fragte sie ihn zweifelnd, und suchend nach einer Bestätigung.

»Wenn ich mit dir zusammen bin, sehe ich sie nicht

einmal«, gab er zur Antwort. Er streichelte langsam über ihre Oberschenkel und schüttelte den Kopf. »Gefallen dir meine Brüste? Ich meine, die 10.000 Lire, die du in deinen Schuhladen investiert hast, der nicht läuft, hättest du ja auch in meine Brüste investieren können.«, sie versuchte witzig zu sein. Und er sagte nur: »So, wie sie sind, sind sie perfekt.« Sie war so glücklich mit ihm.

»Wieso musst du so spät noch fliegen? Ich würde diese Nacht noch lieber neben dir einschlafen, stattdessen werde ich vor dem Schlafengehen an dich denken.«

»Ah Franc, welch Nacht ging ohne uns vorbei? Die Liebe ist das einzig Wertvolle in diesem Leben. Kein Ruhm, kein Geld, kein Luxus. Significhi tutto per me«, sagte sie, und da endlich, sie küssten sich. Und ihre Küsse waren das Festhalten von Vergangenem. Gilda unterbrach diese tragische Szene gekonnt. »Bitte gib das Nicola, wenn du ihn siehst. Das ist ein Foto von mir, ich habe auch eins von meiner Mutter immer dabei, aber das weißt du ja, mein Liebling.« »Ein schwarz-weißes Bild, aber selbst ohne Farbe bist du für mich der wunderbarste Mensch.«

»Er soll seine Mamma ohne jegliche Andacht von Farbe in Erinnerung haben. Auch Gedanken sind immer schwarz-weiß, man denkt nie in Farbe, oder?«

Die Zeit verging, wahrscheinlich verging sie schneller als an anderen Tagen in dieser Woche. »Ich glaube, ich muss dann los, ich muss gehen«, sagte sie, und in ihrer Stimme war Angst. Die Unwissenheit, ohne ihn dieser Welt und ihrer Menschen zu begegnen, war die wahre Angst.

Kurz in ihrer Tasche kramend, holte sie einen weißen, langen Umschlag hervor. Sie zählte das Geld, überflog die Summe, ohne auf die Farbe der Scheine zu achten, und meinte: »Schau, ich war noch nie gut im Kopfrechnen, und sieh, du warst es auch nie, also zähl einfach das Geld, als wäre es die Summe, die ich dir schulde.« Sie übergab ihm den Umschlag, den er nicht annehmen wollte, doch sie steckte ihn direkt in die innere Seitentasche seines weißen Jacketts.

Ein nicht eingelöstes Versprechen konnte er nicht loswerden. Ein Mann kann sich immer ein Mädchen kaufen, aber bei ihm war das anders; er hatte ja behauptet, sie zu lieben, aber wenn zwei Lebensrealitäten aufeinanderprallen, kann schnell ein Albtraum daraus werden.

Ihre Augen beobachteten sehnsuchtsvoll, wie der Wind, der durch die offene Glastür drang, sich auf seine Lippen legte. Es war so weit, alles war okay. Er war ja neben ihr im Auto gewesen, und auch jetzt war er an ihrer Seite. Sie wollte, dass er ihr alles gäbe, aber er gab ihr nur seine Wärme, ohne zu wissen, dass er absolut alles richtig und sie komplett machte. Aber es war eben keine richtige Liebe.

Hoch oben flogen die Flugzeuge. Wenn der Himmel so weit entfernt von uns ist, warum scheint er dann bei manchen Menschen so nah?

Realität ist, wenn du mit beiden Beinen auf dem Boden stehend runterschaust auf das, was du hast, und Freiheit musst du fühlen können, aber von einem anderen Ort. Dem Ort, wo wir meist nicht sind. Sie dachte noch einmal an ihren Vater, bestimmt würde er sich allein fühlen, aber er hatte ja die Gedichte ihrer Mutter.

Das Leben war für Gilda voller Widersprüche. Das ganze Leben eines Menschen geht verloren, weil man sich an manches, was man getan hat, nicht wieder erinnert und so keine Chance hat, es wiedergutzumachen. Die Realität, in der sie gefangen war, erlaubte ihr keinen Ausbruch. Die Lücken in ihren Gedanken füllte der Traum von einer Freiheit, die an einem anderen Ort herrschen musste, und dorthin wollte sie.

Eines Tages wird sie unter der Erde liegen. Sie, die in den Spiegel schaut und denkt, eine andere Schönheit gebe es nicht auf der Welt. Man verschwindet nie aus der Welt; vielleicht ist das das Problem, denn es gibt keinen Ausweg aus dem Labyrinth des elenden Daseins. Es gibt kein Entkommen aus diesem Leben. Das Leben stellt dir ein Bein. Du fällst hin, und es sagt nicht einmal Entschuldigung.

Sie ging und winkte Francesco kurz zum Abschied. »Komm ich etwa zu spät?«, fragte eine Stimme verunsichert. »Che sfiga! Und ich habe sie gar nicht kennengelernt. Ah, und die Blumen waren für sie gedacht. Nun nimm du sie. Sei nicht so traurig, sie kommt bestimmt wieder«, sagte ein gutaussehender junger Mann, der Francesco einen Strauß roter Blumen in die Hände drückte und ihn umarmte.

»Nein, sie kommt nie wieder. Ich spüre es.«

Francesco sah den hübschen jungen Mann an. »Ich liebe dich, aber ich muss jetzt einfach traurig sein. Sie ist mein Ein und Alles.«

Er atmete tief ein und schloss für einen Moment die Augen. Jede Sekunde schien wie eine Ewigkeit ohne sie, als ob die Zeit selbst sich weigerte, weiterzugehen, solange sie nicht an seiner Seite war.

Francesco legte die Blumen auf eine Bank, der Flughafen glich nun einem Friedhof.

Der eiserne Krebs

»Es ist Krebs«, sagte der Arzt unumwunden und zeigte mit einem silbernen Füller auf das Röntgenbild.

Die starke Frau von 41 Jahren stand tränenlos auf und schaute in sein bedauerndes Gesicht. Sie duldete kein Mitleid. Für sie hatte jede Anteilnahme etwas mit Verachtung zu tun. Aufrecht verharrte sie vor ihm, zuckte mit den Schultern, als ob sie sagen wollte:»Kann doch jedem mal passieren«, öffnete die Tür und verschwand.

Durch die Flure des Krankenhauses lief sie nach draußen und hetzte nach Hause. Die Nachbarn im Fahrstuhl vergaß sie zu grüßen. Stattdessen drückte sie auf die 11 und starrte kontinuierlich auf die roten Ziffern, die sich im Zweisekundentakt veränderten. Auf ihrer Etage angekommen, presste sie ein leises»Wiedersehen« aus sich heraus, bevor sie aus dem Aufzug und hinein in ihr Apartment stürzte.

Als sie drinnen war und ganz ohne Zeugen, fing sie an zu weinen. Sie hatte sich im Bad eingeschlossen, die Arme um die Knie geschlungen, dann schrie und schrie sie unentwegt, bis das Echo in diesem kahlen Raum an ihre Ohren prallte und sie ihre eigene Stimme hören ließ. Sie erschrak, krallte ihre roten Fingernägel ans Waschbecken und zog sich hoch. Der vor ihr hängende Spiegel präsentierte ein maskenhaftes Gesicht. Sie wollte es wie eine Maske abstreifen, doch das war unmöglich. In diesem Augenblick ging ihr nur eine Frage durch den Kopf:»Was habe ich in meinem bisherigen Leben vollbracht, um so früh sterben zu können?«

»Nichts, Beatrice!«, gab sie sich selbst zur Antwort.

Beatrice war eine gute Schauspielerin, die jedoch seit Monaten schon keine Aufträge mehr bekam. Die Produzenten wollten jetzt junge, dynamische Frauen in ihren Filmen sehen.

Die 41-Jährige konnte sich zwar auf 35 runterlügen, aber ihr Körper kannte die Wahrheit.

Die letzte Beziehung war in die Brüche gegangen, weil er Kinder haben und sie unabhängig sein wollte

- nicht allein. Das alles belastete Beatrice sehr. Und plötzlich war sie sich nicht mehr sicher, was schlimmer war: ihr Leben oder die Diagnose.

Sie wusch sich das Gesicht, das von den Tränen schon ganz nass geworden war. Etwas Wasser tropfte ihr auf die Bluse, und mit einem Handtuch versuchte sie es abzuwischen. Dann aber zog sie die Bluse aus. Ein Kreuz an einer langen silbernen Kette baumelte zwischen ihren Brüsten.

Sie hob den rechten Arm und ertastete die Geschwulst, die sich wie ein kleiner Klumpen unter der Haut anfühlte. Wieder stiegen ihr Tränen hoch. Sie schwankte wie benommen ins Wohnzimmer.

Ihre künstlichen Wimpern wirkten wie ein Vorhang, der alles verdunkelte: das monströse Reich voller Bücher, Zettel und zwanghaft geordneter Überflüssigkeiten.

Für einige Minuten hielt sie inne, ging zum Sofa und wollte sich setzen, bis sie, wie vom Teufel getrieben, alle Bücher aus den Regalen nahm, auf den Boden warf und alles andere, was sie in die Hände bekam, durch den Raum schleuderte.

Beatrice trat an die gläserne Schrankwand heran. Sie wollte sie öffnen und das Porzellan zerschmettern, doch die Sonnenstrahlen, die auf dem Fensterglas reflektierten, hielten sie davon ab. Augenblicklich erkannte Beatrice ihr spiegelndes Selbst darin, ebenso wie die verzerrten Dinge, die sich hinter ihr befanden.

Kurz entschlossen drehte sie sich um. Sie stieg mit ihren hochhackigen Pumps über die herumliegenden Sachen hinweg und wandte den Blick von ihnen ab.

Im Flur knipste sie das Licht an. Geblendet stand sie vor einer Kommode, holte Make-up aus ihrer Tasche und trug so viel auf, bis sie sich wieder halbwegs als gesunden Menschen empfand. Dann zog sie einen Mantel über ihre bloßen Schultern, der so lang war, dass er die Hälfte ihres Bleistiftrocks verschlang. Sie tat alles mit Bedacht.

Sie öffnete die Kommode und zog ein gelbes Kopftuch hervor. Damit verdeckte Beatrice ihre aschblond gefärbten Haare – genau so, wie es die Frauen in den 30er Jahren getan hatten, wenn sie Cabrio fuhren. Sie tat alles mit Bedacht.

Der Krebs schwirrte fortlaufend in ihren Gedanken umher. Aber jetzt, wo sie sich vorstellte, eine andere Rolle zu spielen, fühlte sich Beatrice viel stärker und selbstbewusster.

»Denn wenn ein Schauspieler seine Rolle spielt, wird die Person dahinter unsichtbar«, wiederholte sie monoton einige Male, schaute auf die Uhr, die 16:35 Uhr anzeigte, und begab sich ohne Ziel aus der Wohnung.

Beatrice lief auf die Straße, ihre Augen waren immer noch blutunterlaufen, doch die Tränen und das fleckige Gesicht waren unter der dicken Schicht von Schminke gar nicht mehr sichtbar.

Rechts, links, wo sollte sie hin? Die Dämmerung brach verfrüht ein, und nach und nach schalteten sich die künstlichen Neonlichter an, die die Sonne würdig zu ersetzen versuchten.

Sie stellte sich vor, dass es die Scheinwerfer einer großen Filmpremiere wären, die auf sie gerichtet wurden. Dann schnappte sich Beatrice ein Taxi.

»281 Lafayette Street«, sagte sie durch das halb geöffnete Beifahrerfenster, stieg hinten ein, und der Fahrer fuhr los.

Nachdem sie wieder ausgestiegen war, bog sie in eine dunkle Gasse, ging eine Treppe hinunter und gelangte an eine schmale, eisenbeschlagene Holztür. Die Bar namens „Pravda", die sich dort befand, reizte sie, weil sie früher verboten gewesen war. Außerdem wies kein einziges Schild den Weg in das versteckte Lokal – anders, als es in New York, das von Wegweisern, Aushängeschildern und Werbeplakaten übersät war, sonst der Fall ist.

Im Gewühl von Menschen wollte sie ihrer Einsamkeit entfliehen. Und trotzdem setzte sie sich in eine Ecke, abgeschirmt von den kleinen Grüppchen der Intellektuellen und Philosophen. Aufmerksam studierte Beatrice die fremden Gesichter. Sie kannte keinen hier. Plötzlich stand eine seltsame kleine Gestalt vor ihr und streckte die Hand aus.

»Darf ich mich zu Ihnen setzen?«, fragte der Kerl mit Schnurrbart und glatt zur Seite gegelten Haaren.

Beatrice schaute ihn überrumpelt an.

»Russkaja?«, fragte er neugierig.

»Net!«, antwortete Beatrice, als ob er ihre eigene Privatparty gestört hätte.

»Ponel – Amerikanka!«, sagte er neckisch und bot ihr eine Marlboro an.

»Seit wann rauchst du?«, fragte er sie mit einem starken Akzent.

»Ich rauche«, gab sie zu, »seit ich ein kleiner Junge war.«

Der Kerl bestellte zwei Wodka.

Beatrice hielt die Kellnerin an. »Ich hätte gerne gewusst, ob Judy noch hier arbeitet.«

»Nein, die ist jetzt in Vegas, soweit ich weiß.«

Beatrice blickte ziemlich nervös hin und her. Jetzt hatte sie auch keine Freunde mehr in der Stadt. Dann kippte sie den Wodka runter.

So verweilte sie, Wodka trinkend, mit dem fremden Kerl an ihrer Seite.

Angetrunken erzählte Beatrice: »Mein ganzes Leben lang habe ich nach Erfolg gestrebt. Doch immer wurde ich unwiderruflich in Hoffnungslosigkeit gestürzt. Wieso? Ich frage mich, ob ich jemals glücklich war oder mir einfach nur etwas vormache.«

Der Mann, der ihr Hilfe versprach, philosophierte in altklugen Weisheiten.

Ihr eigenes Verhalten schien sie nach einiger Zeit anzustrengen. Sie spielte wie ein braves Kind die aufmerksame Zuhörerin, die Belehrungen und Ratschläge gern annahm und gleichzeitig sardonisch ihm weismachte, dass er keine Ahnung von ihrem Leben hatte.

»Weißt du«, sagte der Kerl, »Stanislaw Lec hat mal gesagt: Wir sind auf jede Überraschung vorbereitet, nur die alltäglichen Dinge brechen über uns herein wie Katastrophen.«

Sie schaute ihn an, er rückte näher und sagte dann: »Du gefällst mir wirklich. Ich will mit dir schlafen«, und streifte langsam seinen Ehering vom Finger.

Ihrer Empörung wich Fassungslosigkeit. Urplötzlich trieb es sie nach Hause. Beatrice kramte ein paar Dollar aus ihrer kleinen Handtasche und warf sie auf den Tisch.

»Es ist leichter, Männer rumzukriegen, als sie wieder loszuwerden«, dachte sie.

Als sie zu Hause ankam, war die Wohnung dunkel und leer, der Anrufbeantworter ohne Nachrichten.

Sie wanderte in der Wohnung umher und trat an den Balkon heran. Öffnete dann die Balkontür, um frische Luft zu schnappen. Von hier oben sah alles so klein und faszinierend aus, und sie war ein Teil dieser Stadt, dieses ganzen pulsierenden Lebens. Auf einmal hatte sie wieder Mut gefasst, und auch die Chemotherapie kam ihr jetzt nicht mehr ganz so verheerend vor. Sie nahm einen großen Atemschluck kalter Luft, trat ein paar Schritte vor das Eisengitter des Balkons ... Plötzlich fing es an zu wackeln, irgendwo lösten sich Schrauben. Zurück konnte sie nicht mehr, um sich zu retten, weil sie sich mit den Absätzen am Gitter verfangen, hatte.

Sie schrie, doch niemand konnte ihre Rufe hören. Jeder Schrei war ein verzweifelter Versuch, sich von der Stille zu befreien, doch je lauter sie schrie, desto tiefer verschwand ihre Stimme in der Leere, bis der Balkon mit ihr zusammen in die Tiefe stürzte.

Ein gewaltiger Aufprall versetzte Passanten ins Entsetzen. Sie wurden Zeugen des letzten Abgangs einer gebrochenen Schauspielerin.

Aderlass

Der Wind kroch langsam an ihre Haut heran und umhüllte sie mit eisiger Kälte. Die Vorhänge begannen mit dem Luftzug über ihr zu schweben, wie Gespenster aus der Vergangenheit, die sie erneut aufsuchten. In ihrer Erinnerung war die Vergangenheit durchzogen von blauer Tinte. Wie eine Schnur, die am Gedächtnis zieht und nur die Lücken füllt. Nichts konnte sie je vergessen ... Selbst in der Nacht erstarrten die Erinnerungen nicht, und die sich auflösende Dämmerung zerbrach wie ein Spiegel am Horizont, während das Licht aus der Erde kam, wo der feuerrote Ball erneut entflammte. Ein neuer Tag würde beginnen. Die wenigen Stunden, die sie schlafen konnte, waren verloren gegangen in einem Traum, in dem immer und immer wieder sein Gesicht auftauchte und diese Schreie ...

Sie lag unter der Bettdecke in einem kleinen Zimmer, und Tränen liefen ihr über das ganze Gesicht.

Sie weinte leise, denn es gab niemanden, der ihre Tränen wegwischen konnte. Ein Jahr hatte sie bereits diese Stimme im Kopf:»Mama ... Mama«, sagte diese immer so kindlich, flehend und ununterbrochen jammernd. Wie war das noch falsch zu verstehen? Dieses Wort war nicht verwechselbar. Ja, man konnte es nicht ersetzen: Das eine Wort, Mama.

Ihr müder Blick schlich quer über die Wand und traf den eingerahmten Vers: „Bismi-llahi-r-rahmani-r-rahim" (im Namen ALLAHS, des Gnädigen, des Barmherzigen). Das waren jene geschriebenen Worte, die in arabischer Schrift gemalt und mit Ornamenten verziert waren. Die ineinander verschlungenen Buchstaben ließen geheimnisvolle Muster und Symbole erkennen. Diese geheimnisvolle Schönheit der ineinander übergehenden Buchstaben wirkte beruhigend auf sie herab und spendete Trost.

Sie stand auf und begab sich ins Waschzimmer. Aus der Küche strömte ein süßlicher Duft herein. Ihre Mutter war bereits sehr früh aufgestanden, um das Festessen vorzubereiten. Es war Nourus, und der

Frühling sollte mit sich die Hoffnung bringen, aber er brachte nur die Erinnerung an das letzte Jahr.

»Oh, Liebes, du bist bereits wach. Dann kannst du mir ja helfen. Probier das ...« Sie reichte ihr einen Löffel mit Reis und Rosinen.

»Mutter, ich habe jetzt keinen Hunger.«

»Aber das mochtest du doch schon immer, seit du klein warst.«

»Ich mag es jetzt aber nicht mehr!«

»Weshalb willst du seit Wochen nichts Richtiges mehr zu dir nehmen? Bist du etwa krank?«

Masumeh sah ihre Mutter fragend an. War sie sich ihrer Situation nicht bewusst, oder verdrängte sie Masumehs Leid? Sie drehte sich um und ging, ehe ihre Mutter ihre Traurigkeit begreifen konnte. Sie knallte die Tür laut hinter sich zu.

Nun stand sie am Fenster und wollte vorsichtig den Vorhang zur Seite schieben, um nach draußen zu blicken. Wie sie gedacht hatte, standen Pasdaran auf der Straße mit ihren Maschinengewehren und bewachten das Gebiet. Sie zog das Handtuch vom

Kopf, und die kalten Wassertropfen, die ihren Rücken hinunterkullerten, waren wie die eiskalte Berührung eines Toten.

Sie lehnte sich an die Wand und begann ganz leise zu wimmern. Im Traum hatte sie ihn berührt ... war ihm ganz nah ... Doch jetzt, als sie ihre Augen erneut öffnete, war das ganze Fenster von kleinen Regentropfen befallen. Alles erblühte unter dem Regen. Dieses saftige Grün der Blätter war wunderschön, und doch war es nicht neu; die Farben änderten sich zwar, aber es waren immer verschiedene Farbverläufe auf den Blättern zu erkennen.

Masumeh dachte an ihre Kindheit zurück, an das erste Nourus-Fest, an das sie sich erinnern konnte. An die Farben der Natur, an die Tauben, die im Himmel flogen und auf den Wolken saßen. Sie erinnerte sich daran, wie sie als Kind über das Feuer sprang, das im Park entzündet worden war. Das Feuer erhellte die Finsternis. Wenn man die Gegenwart nun betrachtet, denkt man nur noch mit Wehmut zurück. Das, was irgendwann einmal passiert ist, ist nun vergangen. Die Vergangenheit war immer noch spürbar. Die Wunden waren noch nicht ganz verheilt. Der Schmerz war noch nicht ganz überwunden.

Sie stand wie ein Schatten vor dem Spiegel und schaute in dieses verzerrte Ebenbild. Wer war sie? Sie war nicht komplett. Dies konnte man zwar nicht sehen, aber sie spürte es im Inneren.

»Mutter, wo ist dieser Zettel? Der Zettel mit der wichtigen Adresse?«

»Ach so, den gelben meinst du? Ich habe ihn weggeworfen ... Oder schau mal im Adressbuch nach, dort bei der Kommode. Es könnte sein, dass ich dort die Adresse notiert habe.«

Masumehs Mutter sprach ruhig und arrangierte dabei den Esstisch. Ihr Blick folgte Masumeh trotzdem ins Wohnzimmer. Sie war dabei, Knoblauch auf dem Esstisch zu verteilen, um das Böse zu vertreiben. Bald würden sie kommen. Die Verwandten.

Masumehs Mutter bereitete das Festessen liebevoll für die Familienangehörigen zu, weil sie alte Traditionen gerne pflegte.

»Ich habe es gefunden«, rief Masumeh und riss die Seite aus dem Adressbuch ihrer Mutter heraus. Wieder eilte sie in ihr Zimmer zurück, um einen kurzen Blick aus dem Fenster zu erhaschen. Die Autos standen still, und auch die Verwandten waren weit und breit nicht zu sehen.

Sie musste hier weg. Feiern wollte Masumeh nicht. Morgen würde ein neuer Tag sein. Er würde so ähnlich wie dieser hier sein. Sie feierte ja nicht einmal ihren Geburtstag, weil ... ah, es gab so viele ‚Weil‘, aber alles nur Ausreden.

Und jetzt hatte sie keine mehr ... Sie zog sich an wie früher: enge Bluejeans, dazu ein weißes Shirt und darüber einen grauen Pullover, der einmal ihrem Mann gehört haben könnte. Sie band ihr Haar zusammen und warf sich über ihren Look einen schwarzen Tschador. Mit ihm verhüllte sie ihre Identität. Man sagte, die Männer könnten ihre sexuellen Triebe nicht unter Kontrolle halten; dafür müsse sich die Frau verhüllen. Sollen doch die Männer stattdessen kastriert werden, dachte sie jedes Mal voller Hass. Doch weil sie ihr Land liebte, beugte sie sich den Anweisungen. Und zur Provokation schminkte sie sich die Lippen rot. So rot wie das frische Blut der Märtyrer.

Sie war fest entschlossen, zu der Adresse zu gehen, aber sie hatte Angst, niemanden dort vorzufinden. Als sie durch die Straßen lief, entfernte sie sich immer weiter von der Realität. Überall hingen Plakate und präsentierten das neue Iran. Nur wenige Monate nach der Abdankung des Schahs war die Bevölkerung wieder unzufrieden. Die Übergangsregierung war aufgelöst worden und hatte eine provisorische Revolutionsregierung gebildet, die im Februar ansetzte. Ja, die Revolution war zu Ende. Die Frauen demonstrierten gegen die Schleier, doch nichts half. Ihre Stimmen waren zu leise, ihre Forderungen nicht akzeptabel.

Am 1. April 1979 wurde die islamische Republik offiziell ausgerufen. Man lebte nun in einer Theokratie. War Gott nicht der alleinige Herrscher über die Menschen? Alkohol wurde verboten. Schulbücher wurden nach islamischen Maßstäben einfach umgeschrieben. Die Marionette der USA, Mohammad Reza Pahlavi, war weg. Und die moralischen Werte kehrten heim. Der Wortführer Khomeini beendete die Monarchie, und die Islamisierung des öffentlichen und privaten Lebens kam über uns. Wir wussten nicht, nach welcher Welle wir auftauchen und aufatmen konnten. Land war nicht in Sicht. Nur Hoffnung, aber diese war sündlos in uns erloschen.

Masumeh ging die kleine Gasse hinunter. Man sah Frauen im Tschador mit ihren kleinen Kindern an der Hand, Frauen im Tschador, die zwei Schritte hinter dem Mann liefen. Frauen, die alle gleich aussahen.

Masumeh wollte den Wind im Nacken spüren, die Hände in die Hosentaschen stecken und umherlaufen, ohne angehalten zu werden.

Nourus, das Frühlingsfest. Sie liebte Blumen, aber so gut sie den Duft von Rosen kannte, wusste sie nicht mehr, wie Nastaran roch. Tränen rollten über ihre Wangen, und das schwarze Tuch saugte ihre Tränen auf. Sie versuchte, sich krampfhaft an irgendetwas zu erinnern; dabei war es so, als hätten die Revolutionswächter jegliche Andenken und Erinnerungen aus ihr herausgeprügelt. Schmerzen, ja, die spürte Masumeh noch immer. Diesen Schmerz wollte sie nie mit irgendjemandem teilen. Würden ihre Wunden verheilen, blieben nur noch hässliche Narben zurück. Wozu also jemandem von dem Schmerz erzählen?

Riesige Straßen, die einmal geblüht hatten, weil Ölquellen und Gasvorkommen ein immenses Wirtschaftswachstum ermöglicht hatten, gingen nun im Zerfall unter. Man lebte wie in Europa. Frei. Irgendwer kam auf die Idee, dem Land die Modernisierung aufzuzwingen, und es herrschte eine systematische, forcierte Säkularisierung. Das rief den Widerstand der streng muslimischen Bevölkerung hervor.

Masumeh spürte, wie die Kälte des Asphaltbodens in ihre Füße drang. Nutzlos schien ihr das Leben, das ihr abhandengekommen war. Hatte sie so lange geschlafen? War sie wach und hielt ihre Augen geschlossen? Sie konnte niemals müde des Lebens sein, aber warum war sie dann im Koma und hielt sich die Hand? Dieses einmalige Leben, diese Chance zu leben ... Ein islamisches Sprichwort besagt: »Der Dumme hat mehr vom Leben.«

Ihr fiel auf, dass sie bereits seit einigen Minuten hinter einem Mann herlief. Er war groß und hatte breite Schultern. »Munir!«, dachte sie, aber er konnte es nicht sein. Ihre Augen fielen hinter dem schwarzen Vorhang zu. Zugezogen waren ihre Gefühle.

Als er nicht wiederkam, kam seine Mutter oft zu uns. Sie hütete das Kind und half im Haushalt, aber sie weinte nie um Munir. Ihr einziger Sohn war verschollen, doch vor mir behielt sie die Nerven. Alles war unter ihrer Kontrolle. Sie half mir damals sehr mit Nastaran. Wir heirateten anders als andere – aus Liebe. Es waren vier Jahre und ein lebenslanger Liebesschwur.

‚Konnten jemals zwei Menschen glücklicher sein?', fragte Virginia Woolf ihren Mann in ihrem Abschiedsbrief, kurz bevor sie sich im Fluss ertränkte. Ja, ich denke, wir waren glücklich, aber manchmal fühlte ich mich wie diese scheue Schriftstellerin: leer und einsam, und ich ertrank nachts unter meinen Tränen. Doch man wischt sich seine Tränen weg, und was sie hinterlassen, ist eine silberne Spur.

Bald darauf wurde ich auf offener Straße vor unserem Hauseingang angegriffen, als ich etwas besorgen musste. Ich wusste, wer die maskierten Männer waren: die SAVAK, die berüchtigte Geheimpolizei des Schahs. Ich wurde stundenlang verhört. Man fragte mich über Munir aus. Ohne ein Recht auf Verteidigung ließ man mich einsperren. Anderen erging es schlechter; manche wurden ohne Gerichtsverhandlung zum Tode verurteilt. Menschen, die für die Freiheit kämpften!

Ja, es müssen zahllose politische Gefangene gewesen sein, die zu dieser Zeit exekutiert wurden. Manche Antworten, die ich gab, waren Ausflüchte, aber ich wusste über Munirs geheime Aktivitäten Bescheid. Man fesselte mich und verband mir die Augen, sodass ich nur Stimmen hörte. Je näher diese Stimmen kamen, umso lauter wurden sie, und manchmal bildete ich mir ein, etwas zu hören, was nicht für meine Ohren bestimmt war. Ich weiß nicht, wie ich diese Zeit überstehen konnte, aber eines war mir klar: Der Mensch gewöhnt sich an alles.

Munirs Mutter wartete und wartete, dass ich nach Hause käme. Aber ich kam nicht. Es war ein Montag, ein trostloser Montagmorgen. Da stand ich vor der Tür meiner Wohnung. Es war ein Jahr vergangen, aber als ich da stand, kam es mir vor, als sei ich gegangen, als es bereits dämmerte, und zurückgekommen, als es hell wurde. Es war so still.

Auf der Allee standen Demonstrantinnen, aber es waren weniger als vorher. Viele waren mittlerweile so eingeschüchtert, dass sie zu Hause blieben. Sie hatte nur diese eine Stimme im Kopf ...»Mama«, rief diese.

Ich hatte als Journalistin gearbeitet, aber seit die Regierung die Presse kontrollierte, durfte ich meinen Beruf nicht mehr ausüben. Als Munir meine Hand hielt, war ich im siebten Monat schwanger; es kam zu einer Frühgeburt. Aber so konnte er seinen Sohn wenigstens ein paar Monate lang sehen. Unser Land präsentierte sich als unabhängiger Nationalstaat, der Gleichberechtigung für Männer und Frauen garantierte. Zum äußeren Zeichen legten die Frauen ihre Schleier ab. Der soziale Wandel vollzog sich so, dass die traditionellen Lebensformen nie vergessen wurden. Der Herrscher hatte eine Vision, wie auch Atatürk eine hatte.

Er wollte Iran modernisieren und europäische Muster über unser Land ausbreiten. Europa schien mir ferner als Amerika, und in den 60er und 70er Jahren entfremdete sich der Schah nur noch mehr von seiner Bevölkerung. Munir sagte, das Wirtschaftswachstum bringe keinen Profit. Menschen waren unzufrieden, unzufrieden, weil sie wenig Geld hatten, unzufrieden, weil die Politik versagt hatte. Mein Volk wurde nicht nur seiner Kultur entfremdet; man riss ihm seine Wurzeln raus. Man verdrängte den Islam aus dem öffentlichen Leben.

Dann erklang die Stimme Ayatollah Khomeinis. Er schickte aus dem Exil seinen Aufruf zur Massenprotestbewegung gegen den Staat. Munir folgte ihm und kam nie wieder zurück. Vor dem Fernseher am Radio lauschend versprach man uns die Beibehaltung des Gesellschaftssystems. Es sollte sich nichts ändern: Demokratie und Gleichberechtigung. All das sollte im Einklang mit dem Islam stehen. Als der Schah 1979 das Land verließ und Khomeini am 1. Februar 1979 aus Frankreich kam und die zivile Übergangsregierung auflöste, war die Zeit dazwischen wohl das einzig gehaltene Wort, um zunächst die äußerliche Einheit der revolutionären Bewegung zu erhalten. Khomeini bildete eine provisorische Revolutionsregierung, aber unterließ es, die Vorstellung eines Gottesstaates zu verkünden.

Mein Glaube beschränkte sich nicht auf Politik, so wie Munirs. Ich glaubte immer, es gebe stets eine Wahrheit hinter der ‚Wahrheit'. Es war immer klar, dass alles, was gesagt wurde, nur Propaganda war. Und allmählich tat mir der Schah leid. Man schmeißt den Ehemann auch nicht aus seiner eigenen Wohnung, nur weil er in den Augen der anderen ein schlechter Vater ist. Man kann alles ändern, es zu mindestens versuchen. Aber der Schah wurde Schachmatt gesetzt!

Und all die schwarzen Figuren auf dem Schachfeld waren verhüllte Frauen im Tschador, die nun gegen die Mullahs anzukämpfen versuchten. Die Wahrheit kannten nur wenige. Drogen, also Opium, und Waffenhandel spielten eine Rolle. Der Schah behinderte den Opiumhandel, denn es gab bereits eine Million Süchtige. Diese ,besonderen Beziehungen' brachten ein unterschriebenes Abkommen für Waffenverkäufe ein. Munir erzählte mir das. Er wusste über solche Dinge genau Bescheid, deswegen glaubte ich nie jemandem anderen. Vielleicht hat Munir auch gelogen. Aber es gibt keine endgültige Wahrheit. Alles wird vertuscht oder spiegelverkehrt dir vors Gesicht gehalten. Alles nur Lügen? Wir werden mit einer simplen Methode, systematisch und ohne uns dessen bewusst zu sein, einer Gehirnwäsche unterzogen. Munir sagte, es gebe eine große Verschwörung; er war einer von denen, die Gegenmaßnahmen entwickelten. Er spielte sogar mit der Idee, es gebe eine globale Verschwörung. Er sagte dies, obwohl er noch nicht einmal im Ausland gewesen war. Er sagte, die Regierung sei ein Teil der Verschwörung. Beweise blieb er mir schuldig. Er sagte, man dürfe sich nicht auf die Regierung verlassen, denn diese halte die Wahrheit von uns allen fern. Die reale Welt, in der er lebte, war weder schwarz noch weiß.

Masumeh wurde schwindelig. Sie aß am Morgen nichts und musste sich kurz setzen. Die Erinnerungen und Stimmen drangen in ihren Kopf. Sie fühlte sich, als würde sie ersticken unter diesem Vorhang. Es gab so viele Widersprüche. Alles, worauf man sich verlassen durfte, war das Herz.

Munir wusste zu viel, und sie wusste, deswegen musste er sein Leben lassen. Sie war sich sicher, dass er nicht mehr lebte, denn sie spürte ihn nicht mehr. Seine Anwesenheit war erloschen. Um weiterleben zu können, musste sie seine Ansichten verdrängen. Sie konnte nicht aufhören, ihre Fußschritte zu zählen; sie konnte sich nicht der Sicherheit hingeben, denn alles war ihr so fremd: ihre Stadt und seine Leute.

Sie wollte etwas zurückholen, etwas Kleines, das ihr genommen worden war. Aber hatte man ihr nicht noch mehr entwendet? Was war mit ihrem Stolz, der aus ihr herausgeprügelt worden war?

Das Lachen erstickte unter der aufgeplatzten blutigen Lippe. Man trat ihr auf die Finger und spuckte sie an. Weil sie nicht redete, drohte man ihr, die Zunge endgültig abzuschneiden.

Einen Monat zuvor war alles vollkommen gewesen. Nun ging sie durch die Straßen, die umbenannt worden waren; direkt nach der Revolution trugen sie nun die Namen männlicher Märtyrer. Milizähnliche Wachkommandos standen bewaffnet an den Straßenrändern: Pasdaran, die Wächter der Revolution. Sie ging an ihnen vorbei und murmelte leise: »La ilaha illallah.« Die bewaffneten Männer erinnerten sie an die grausame Zeit. Sie wollte ihnen ins Gesicht spucken, den Schleier heben und mit diesem Laken alle Pasdaran erhängen.

War sie glücklich über diesen Gedanken? Nein, nicht eine einzige Minute lang.

Sie ging an dem Schönheitssalon vorbei, dessen Fenster eingeschlagen waren. »Frauen werden gar nicht mehr geschätzt«, dachte sie bekümmert bei sich. Sayyidah Fatima al-Mas´uma war die Tochter des 7. Imams und die Schwester des 8. Imams. Man verehrte sie. Wie konnten die Männer eine Frau so hochloben und ihre eigenen Frauen verschleiern und wie Vieh behandeln? Diese Frau war edel, großherzig und gab ihr Leben Allah und dem Islam hin. Sie half ihrem Bruder, über den Islam zu predigen.

Aber heute besteht das Leben aus weiteren Verpflichtungen. Sie war den Jahrhunderten und Epochen überlegen. So eine wie sie würde im Land gebraucht! Aber ihre Geschichte ist die Geschichte der Zeit. Einer vergangenen Zeit.

Als Kind pilgerte Masumeh mit ihren Eltern zu Fatimas Grabstätte. Ghom war für sie ein Zufluchtsort des Friedens. Zum allerersten Mal erfuhr sie dort vom Tod und dass man einen toten Menschen nicht zurückholen kann.

Sie stand gedankenversunken vor einem hohen Tor, dessen Flügel sich über beide Seiten lang ausstreckten. Ihre Hände zitterten. Die Hülle aus Leinentuch war erdrückend schwer geworden. Oder war ihr Körper so abgemagert und leer? Wo war ihre Seele? Sie nieste zweimal. »Shükür Allah«, sagte sie zum Dank an Allah, dass ihre Seele nicht weggeflogen war. Sie war also immer noch da, aber für eine Sekunde war Masumeh taub und blind.

Der Regen hörte auf. Ihre Tränen wischte sie weg. Sie ging hinein. Eine Frau in einem weißen Tschador sprach sie an: »Schwester, willst du jemanden besuchen?«

»Ich bin hier, um mein Kind zu holen«, sagte sie, und ihre sich zusammenreißende Stimme zitterte leise.

»Wie lautet dein Name, Schwester?«, fragte sie die Frau.

»Masumeh ...«

»Ja, aber ich erinnere mich nicht an dich.«

»Meine Schwiegermutter brachte meinen Sohn vor fast eineinhalb Jahren hierher. Sein Name ist Nastaran.«

Die Frau nickte, es musste ihr also wieder eingefallen sein.

Vor Masumeh stand eine Mauer. Man konnte ganz leicht diese Tür öffnen, und doch verschloss die Tür mit Ungewissheit all ihre Hoffnungen. Das Leben war nutzlos, etwas fehlte stets ... ein Teil von ihr. Sie ging hinein, und dieses kalte Zimmer ließ ihre Tränen in den Augen gefrieren.

Sechs kleine Gitterbettchen standen in diesem engen Raum dicht beieinander. Sonnenstrahlen projizierten vereinzelt Schatten auf den kahlen Wänden.

»In diesem Zimmer liegen Kleinkinder im Säuglingsalter bis zu zwei Jahren«, sagte die Krankenschwester. »Sie liegen hier meist seit ihrer Geburt, ihr ganzes Leben lang schon.«

»Sag, Schwester, sind es die einzigen Kinder?«

»Das sind bei Weitem nicht alle, Schwester. In unserem Krankenhaus gibt es noch mehrere von diesen Zimmern. Die Mütter dieser Kinder haben sie hier zurückgelassen oder sind bei der Geburt gestorben.«

Innerlich zerriss sie die Erinnerung an die Geburt, wie sie Nastaran das erste Mal im Arm hielt. Welches war ihr Kind? Sie waren alle so unschuldig und hilflos in ihren Bettchen, so verloren in diesem Leben. Vorsichtig näherte sie sich einem Bettchen. Das Baby fing an, fröhlich zu glucksen, aber das war ein Mädchen. Das da war ihres. Sie konnte es nicht ansehen, die Tränen in ihren Augen zerrissen das, was vor ihr war.

Sie blickte erschrocken aus dem Fenster. Ein Vogel flog vorbei und bot das einzige Bild, das in jenem Moment lebendig eingerahmt wurde.

Tränen stiegen auf. Ihr wurde schwindelig.

Wie konnte das sein? Sie empfand kein Mitleid mit ihrem Kind, aber das Schicksal der anderen kleinen Mädchen und Jurgen brach ihr mehrmals das Herz.

Kanariengelb war die frisch gestrichene Krankenhaustür, aus jener trug sie ihren Sohn hinaus. Sie roch an ihm. Sie presste ihn an ihre Brust, Nastaran war so groß geworden.

Außenseiter mittendrin

Ich klingelte zweimal kurz an der Tür. Aslans Mutter machte auf und begrüßte mich mit einem warmen Lächeln und einer kurzen Umarmung und zog mich mit ihrer herzlichen Art von der Türschwelle weg.

»Warte ein bisschen, mein Sohn ist noch im Badezimmer«, sagte sie und holte aus der Küche sogleich Chai und Marmelade in kleinen Kristallschalen sowie etwas Khalva. Ich ging hinüber ins Wohnzimmer und setzte mich auf das blumenbemusterte Sofa. Es war noch Ramadan, und sie brachte für sich keine Tasse mit.

»Meinen Glauben kann nichts brechen«, sagte sie, und obwohl ihr Magen knurrte, aß sie nichts.

»Es ist nur eine Prüfung von ALLAH«, redet sie sich jedes Mal ein, wenn die Fastenzeit beginnt.

Mir wurde heiß; ich konnte mir kein Gesprächsthema einfallen lassen. Irgendwie waren all meine Gedanken im Raum hängen geblieben, an dessen Wänden Erinnerungen hingen: Erinnerungsstücke und Schwarz-Weiß-Fotografien von der Familie in Aserbaidschan. Aber nun musste ich etwas sagen, denn die Stille und das Warten auf Aslan ließen die Zeiger der Uhr lauter ticken.

»Wie kam es dazu, dass Sie in Deutschland um Asyl gebeten haben?«, fragte ich und merkte sogleich, dass ich mir auf die Zunge biss.

Unvorbereitet schaute Frau Maqsudova in ihr fragendes Gesicht. »Aslans Vater ist Armenier, ich bin Aserbaidschanerin. Wir konnten nirgendwo bleiben; weder konnten wir weiterhin in Baku leben, noch konnten wir nach Armenien zu der Familie meines Mannes. Es herrschte eben Krieg, und die Menschen waren der Regierung egal; es ging nur um das autonome Gebiet Nagornyi-Karabach. Zuerst schickten sie meinen Mann vorzeitig in Rente; sie sagten, seine Gesundheit sei nicht stabil genug für die Tätigkeit, die er ausübte. Dabei war ihnen seine Gesundheit egal – sie fingen auf einmal an, Armenier zu hassen. Ich als Ökonomin musste dann für mein Kind und meine Familie allein sorgen.«

Frau Maqsudova wurde blass, atmete schwer und ließ die Hände in ihren Schoß fallen. Die Familie hatte einen Zufluchtsort gesucht – so, wie es andere auch tun, weil in ihrem Land gegen Menschenrechte verstoßen wird oder sie politisch verfolgt werden.

Frau Maqsudova lehnte sich im Sessel zurück und erzählte weiter: »Unseren festen Wohnsitz mussten wir verlassen und kamen für eine Weile bei Bekannten unter. Aber diese hatten Angst, jemand könnte meinen Mann wiedererkennen und es der Miliz melden. Sie fingen Streit mit uns an, und nach einiger Zeit wollten sie uns loswerden. Damals war ich sehr wütend auf sie, aber es war nun einmal eine Zeit, in der sich keiner mehr vertrauen konnte. Oft fragte ich mich: Was wäre, wenn ich nach der Tradition gehandelt und einen Aserbaidschaner geheiratet hätte? Und dann musste ich immer weinen; ich tat es leise, damit keiner mich hörte. Aslan war schon groß, aber er hätte es trotzdem nicht verstanden. Und immer, wenn ich den Herzschlag meines Mannes neben mir hörte, wusste ich, wofür ich lebte und dass alles, was ich bisher getan hatte, richtig sein musste. Zusammen gingen wir den schwersten Weg«, sagte sie und blickte auf das Hochzeitsbild, welches über ihr hing.

Sie hatte sich kaum verändert: Ein schwermütiger Blick lag in ihren Augen, in ihre Gesichtszüge flossen kleine Faltenlinien, aber ihr Haar war immer noch samt-schwarz, und nur hauchdünne Silbersträhnen verfingen sich darin.

Eine Tür knallte zu; wahrscheinlich war das der Luftzug, aber – nein, Aslan stand an der Tür und zwinkerte mir zu. Ich nahm noch einen Schluck Tee, der bereits die Kälte in sich eingesogen hatte und bitter in meinen Magen floss. Traditionelle Volksmusik, *Mugam*, erklang aus dem Kassettenspieler. Und er stand immer noch an den Türrahmen gelehnt und deutete mit seinen Augen auf die Ausgangstür. Ich war sichtlich froh, von diesem Platz aufzustehen; diese angespannte Stimmung forderte einen aufdringlich dazu auf, über die eigene Freiheit nachzudenken. Und herauszufinden, was sie für einen bedeutet. Meine Freiheit war eben da, ganz selbstverständlich. Ich war mir meiner Identität bewusst, musste sie nicht erst suchen ... Mit einem schüchternen Lächeln, wie dem eines pubertären Jungen, verabschiedete er sich von seiner Mutter und küsste sie auf die Wange.

»Schau ja, dass du deine Jacke zuhast«, sagte sie. »Eine Lungenentzündung und dein Aufenthalt im Krankenhaus haben mir gereicht.«

Sie umarmte mich wie bei der Begrüßung, nur spürte ich erst jetzt, dass ihre Wärme echt war.

Aslan drückte auf den Knopf im Fahrstuhl. Die beiden unterhielten sich ständig nur auf Deutsch, obwohl er perfekt Russisch sprach, so wie sie, denn sie war als Spätaussiedlerin mit ihren Eltern Anfang der 90er Jahre nach Deutschland gekommen. Er sprach mit einem kleinen Berliner Akzent, den er zu imitieren versuchte, der ihn aber nicht viel mehr integrierte.

Nach der ersten Zigarette zündete er sich eine weitere an. Das rote Feuerzeug ließ er schnell wieder in seiner Jackentasche verschwinden. Ihr bot er keine Zigarette an; er wusste bereits, dass sie Nichtraucherin war ... Zumindest hatte sie ihm das gesagt, weil sie wusste, dass er es nicht mochte, wenn Frauen rauchten.

Sie standen vor einem Café in Berlin-Neukölln. Es ist komisch, wenn man schon so lange in einem Bezirk wohnt, kommt man selten in einen anderen.

Der Wind zog die vorbeigehenden Menschen mit sich über die Straßen. Wie ein Kind tobte er sorglos sausend umher und stahl manchem das Basecap vom Kopf. Die Gesichter der Menschen waren mit Gedanken überfüllt, und alle zogen gelangweilte, müde Gesichter nach der Arbeit mit nach Hause.

Aslan starrte in die Lüfte; als er noch klein war, hatte er den Traum gehabt, Pilot zu werden ... Hoch oben in den Wolken fliegen zu können, frei wie ein Vogel ... Etwas, das man erst auf den dritten Blick sah ... Eine stille Sehnsucht, war das in seinen Augen. Ungern blickte er hinauf zum Himmel, denn seine Träume waren immer dieselben, und sie hinterließen eine scheinbar endlos weiße Spur auf ihrem Weg. Träume – waren sie nicht etwas für Kinder, und war er nun, mit 23, kein Kind mehr? Er lief schwermütig, als hätte er an seinen Füßen Fesseln, die ihn hinunterstürzen ließen auf die gepflasterten Steinwege. Er war fremd in diesem Land, auch nach so vielen Jahren in Deutschland.

Er rauchte zu Ende, und sie gingen hinein. Setzten sich in eine Ecke am Fenster und schauten in die Karte. »Was hat meine Mutter dich gefragt?«, wollte er plötzlich wissen.

»Tja, eigentlich habe ich sie nach dem Entschluss, nach Deutschland zu kommen, gefragt«, meinte ich.

»Ach so!«, murmelte er, und dann begann er unerwartet zu erzählen.

»Mich haben sie aus der Schule geworfen; sie sagten, ich sei bereits wehrpflichtig und würde in der Armee besser zurechtkommen. So ein Schwachsinn, für wen sollte ich denn kämpfen? Für Aserbaidschan – meine Mutter –gegen Armenien, meinen Vater? ALLAH rehmet elesin.«

Seinen Zorn konnte man fühlen, aber nur mit Fassungslosigkeit verstehen, und ihn gänzlich nachzuvollziehen, war schwer. Sie war irritiert, denn das, was sie gehört hatte, klang so ehrlich und verzweifelt, um ignoriert zu werden.

Die Kellnerin brachte zwei Cappuccino, und Aslan bezahlte sofort, um dann schnell auf das Thema zurückzukommen. Sie wollte nur seine Hand nehmen und ihn davon abbringen, denn er musste ihr nichts erklären – keine Rechenschaft über seine Vergangenheit ablegen, aber sie ließ ihn ausreden. »Ständig gab es Razzien in den Wohnhäusern, auf den Straßen ... Man konnte nicht mal kurz in einen Laden rein ... Man dachte nur: Da wartet jemand, um deine Dokumente zu kontrollieren. Ich weiß nicht mehr, wie viele Male sie mich mitgenommen haben zur Einberufungsbehörde, aber wenn man ihnen Geld gab, ließen sie einen sofort frei. Alles läuft da über Bestechung und Korruption; das ist echt krank«, sagte er und zündete sich eine Zigarette an. »Als ich herkam, war ich tatsächlich Nichtraucher; ich war Sportler, habe Leichtathletik gemacht, aber die beruhigen meine Nerven.« Aslan hob seinen Cappuccino zum Trinken an.

Ich blickte in seine braunen Augen – eigentlich war das Zimtbraun, aber über Geschmack lässt sich ab und zu streiten, oder? Zumindest habt ihr sie nie gesehen! Diese Augen, die eigentlich Halt suchten, aber sich entzogen, als ob sie vor der eigenen Wahrheit flohen.

Der Streit zwischen Armenien und Aserbaidschan ist bereits 1988 entflammt, weil auf dem Berg Karabach mehrheitlich Armenier wohnten, dieses Land aber den Aserbaidschanern gehörte.
Wenn Tote reden könnten, was würden sie dann sagen?

Auf seiner Stirn hatten sich feine Schweißperlen gebildet. Beide saßen einfach nur da und unterhielten sich, während eine Kerze brannte, dann ein paar Mal aufflackerte, bevor sie endgültig erlosch.

Der Herbst kam nun auch nach Berlin und verfärbte die Blätter an den Bäumen. In dem langsamen Entweichen des Lebens aus den Wurze, kehrte ein Fest der Farben ein. Es war nichts Romantisches. Der langsame Rückzug der Pflanzensäfte in die Wurzeln und das abbauende Chlorophyll sind die Ursache für die bunte Färbung. Die Blätter sterben und fallen. Sie gingen über die Straßen, während gelbe Blätter von den Bäumen segelten, und schließlich hinein in ein Tele-Café.

So nah wie in diesen 15 Minuten in einer kleinen Telefonkabine waren sie sich bislang noch nie gewesen. Und dann, als er sie nach Hause brachte, waren sie in der S-Bahn, umgeben von Menschen. Im Flüsterton erzählte er ihr von dem gerade getätigten Anruf.

»Es ist immer dasselbe. Sie fragen mich: Wie ist das Wetter bei euch? Was machst du so? Wann besuchst du uns mal? Meine Verwandten verstehen nicht, dass wir nicht ausreisen dürfen. Meine Eltern haben ihnen überhaupt nichts gesagt, und jetzt schämt sich meine Mutter, ihnen sagen zu müssen, dass wir nicht mal Arbeit haben und ich nicht studieren darf.«

Aslan wirkte den ganzen Weg über nachdenklich, und ich fand keine Worte, um ihn aufzuheitern. Ich ging noch zur Schule, wollte Abitur machen und danach irgendwo im Ausland arbeiten, vielleicht sogar studieren. Dabei machte sie sich nicht nervös, es war einfach nur eine Frage der Zeit.

Zeit konnte sie sich gut einteilen, davon gab es jede Menge, um Entscheidungen zu treffen und so.

Und dann holte er ein Papier heraus. Beim näheren Hinschauen erinnerte seine Duldung an den Kinderausweis. Darauf stand:

- *Erwerbstätigkeit nicht gestattet*
- *Studium nicht gestattet*
- *Aufenthalt ist räumlich begrenzt auf das Land Berlin*
- *Aussetzung der Abschiebung (Duldung) Kein Aufenthaltstitel! Der Inhaber ist ausreisepflichtig!*

»Alle sechs Monate werden unsere Duldungen um sechs weitere Monate verlängert. Ich habe mich daran gewöhnt, aber abfinden könnte ich mich niemals damit«, fügte er hinzu und steckte dieses Stück Papier, das sein Leben bestimmte, zurück in seine Jackentasche.

»Das Leben ist für mich wie eine Stoppuhr, man weiß nie, wann das Dasein hier ein Ende hat, aber Mitleid duldet keiner – selbst wir Flüchtlinge nicht.«

Es war kälter geworden, und Aslan begann am ganzen Körper zu zittern. Vielleicht war es der Klang der Kirchturmglocken, der ihn erschauern ließ. Das fremde Land, in dem er leben musste, vergiftete sein Leben mit Hoffnungslosigkeit. Die Stimmen in seinem Ohr klagten über das Leben auf den Straßen, und wenn er sie nicht mehr aushielt, schaltete er den MP3-Player einfach aus.

Seelenbinder

Es war nicht die Art von Situation, in die man sich absichtlich begibt, dachte Orhan, als das Licht der untergehenden Sonne wie ein gebrochenes Versprechen durch die schmutzigen Motelvorhänge fiel. Das Laken, halb durchscheinend, hing lose um ihre Hüften, als ob es selbst nicht sicher war, ob es dort hingehörte. Ihr Körper war wie eine fremde, ferne Landschaft – ein Gegensatz zu dem Bild, das sich in seinem Kopf festgesetzt hatte, als er sie das erste Mal gesehen hatte. Aber hier, in diesem schäbigen Zimmer mit dem kaputten Divan und der leiernden Klimaanlage, die die warme, stickige Luft umwälzte, war sie weder Göttin noch Mythos.

Sie war einfach da.

»Hast du schon mal geliebt?«, flüsterte er, ohne wirklich eine Antwort zu erwarten. Es war so eine Frage, die man nur stellt, um sich die eigene Verwirrung über eine Situation zu erklären.

»Nicht so, wie ich dich lieben könnte«, kam ihre Antwort, fast zu ehrlich. Sie schien überrascht von ihren eigenen Worten, als wäre sie sich nicht sicher, ob das überhaupt stimmte.

Orhan starrte auf die zerknitterte Bettdecke unter sich, während sie sich neben ihn legte. Vielleicht war das die wahre Tragödie des Moments – dass sie einander so nahe waren und trotzdem nicht wussten, wie sie das überbrücken sollten, was wirklich zwischen ihnen lag.

Ein leises Klopfen an der Tür ließ beide erstarren. Der Raum schien für einen Moment die Luft anzuhalten, die schwache Stimme des Mannes hinter der Tür wurde plötzlich schneidend scharf, wie eine Warnung. Doch er ging wieder weg, als ihm niemand antwortete.

»Könnte ich mir mein Leben aussuchen«, sagte sie leise, ohne sich zu ihm umzudrehen, »dann wäre es nicht solch ein Dramaspiel. Verstehst du?«
Er verstand. Vielleicht zu gut. Aber was sagt man in so einem Moment? Orhan fühlte die Wärme ihres Körpers. Er küsste ihren nackten Rücken. Es war,

als würde er versuchen, in ihre Gedanken einzudringen, die da schwirrten wie ein verworrenes Gewebe aus Unsicherheiten und Wünschen. Er wollte sie lieben – das war einfach, und doch war es komplizierter, als er je gedacht hätte.

Jeder Kuss verlangsamte die Zeit, ließ die Welt um sie herum verblassen. Es war, als könnte er sie in diesem Moment festhalten, fern von allem, was ihnen im Weg stand. Ihre Augen waren geschlossen, als ob sie in einen anderen Raum flüchtete, einen Raum, in dem nur sie beide existierten. Doch in Orhan regte sich eine Unruhe. Konnte man jemanden wirklich lieben, ohne sich selbst zu verlieren? Er dachte an das, was er wusste, an das, was er zu verdrängen versuchte.

Ohne ihre Berührungen, ohne diese Verbindung – wie sollte er jemals wirklich fühlen? Die Farbe Rot schoss ihm durch den Kopf. Sie war so lebendig, so intensiv. Und doch wusste er, dass es ein Zeichen war, dass sie nicht an diesem Punkt angekommen sein konnten. Sie war noch immer Jungfrau, und das hier war nicht ihre Hochzeitsnacht. Die Gedanken strömten wie ein schillerndes Chaos in seinen Kopf, aber er zwang sich, im Moment zu bleiben. Ihre Beine schoben sich auseinander, ein so reines Wesen, das in die unbekannte Welt der Erwachsenen eintreten wollte. Ihr kurzes Aufstöhnen war wie ein leises Einverständnis, und in diesem Augenblick fühlte er sich stark und war doch so verwundbar.

Als er ihren Bauchnabel küsste, wurde ihm schwindelig. Er dachte daran, wie es war, diesen Moment zu stehlen. Was wusste er schon von dem, was sie fühlte? Vielleicht war es nur das Bedürfnis, sie zu berühren, sie zu besitzen, sie in seiner Erinnerung festzuhalten. Aber als er vorsichtig in sie eindrang, war es nicht das, was er erwartet hatte. Es war eine Mischung aus Schmerz und Freude, die sich wie ein Lied in ihm entfaltete.

»Es könnte wehtun«, murmelte er, mehr zu sich selbst als zu ihr, und in diesem Moment spürte er die Schwere der Verantwortung, die auf seinen Schultern lastete.

Er zog sich zurück, aber der Blick in ihren Augen, das Aufleuchten ihrer Hoffnung, brachte ihn wieder zu ihr.

»Nur noch ein bisschen“, flüsterte sie und er wusste,

dass es mehr als nur eine Bitte war. Es war ein verzweifeltes Streben nach Nähe.

»Weißt du noch, was ich dir damals gesagt habe?« fragte er, während er mit ihrem Haargummi spielte. Das Lachen, das sie in jenem Moment miteinander teilten, war wie ein kleiner Lichtstrahl in der Dunkelheit. Aber in seinem Inneren nagte die Frage: Was, wenn das hier für sie nicht genug war?

Sie blickte ihn an, und in ihren Augen war ein Meer aus Ehrlichkeit.

»Ich fühlte mich so eingesperrt«, sagte sie, und das Echo dieser Worte hallte in ihm wider. Was konnte er tun? Er war schon verloren in einem Netz von Verpflichtungen, und dennoch wollte er sie nicht loslassen.

»Du bist wunderschön«, flüsterte er schließlich, als die Worte durch den Raum schwebten, und er wollte mehr sagen, aber die Furcht, dass es nicht genug sein könnte, hielt ihn zurück. »Du darfst mich nie verlassen. Stirb nicht, nicht in diesem Leben.« Er wusste, dass es mehr war als ein Versprechen – es war ein verzweifelter Versuch, den Moment festzuhalten, bevor er in die Unendlichkeit entglitt.

In diesem kleinen Motelzimmer, eingeklemmt zwischen Realität und Traum, wo die Liebe sowohl Fluch als auch Segen war, standen sie beide am Rande des Abgrunds, in dem Glauben, dass ihre Herzen einander in der Dunkelheit finden würden und sie doch zusammenbleiben konnten.

Aber was war Liebe, wenn nicht ein stetiger Kampf gegen die Schatten der eigenen Maßstäbe?

Seine Küsse verlangsamten ihr Denken. Er nahm ihren Körper und hielt ihn für ein paar Sekunden an seinen gepresst, langsam schob er ihn nach unten. Sie nahm seine Hand und küsste sie.

Plötzlich blickte sie ihm in die Augen: »Ich habe gehört, dass, wenn Mädchen ihre Augenbrauen zupfen, sie keine Jungfrau mehr sind, und du wolltest mir etwas erklären, aber ich musste, nein, ich durfte dich nicht aussprechen lassen. Ich dachte, wenn ich jetzt nichts sage, dann kann ich nicht mit ihm zusammen sein.«

»Ja, gut, dass du mich nicht ausreden lassen hast, sonst hätte ich dir erzählt, dass es eine alte Tradition ist und die bei uns nicht mehr so üblich ist wie früher. Ich würde aber nicht erfahren …«

Beide lachten; er spürte ihre Aufrichtigkeit gegenüber ihm. Seine Stirn war voller Schweiß, und sein Haar war durcheinander. Und er küsste sie so leidenschaftlich, dass sie erkannte, dass zwischen ihnen keine Liebe war. Es war viel mächtiger als bloß dieses Gefühl.

»Du bist wunderschön, du darfst mich nie verlassen«, wiederholte er immer wieder.

Orhan lag auf dem Boden, und um ihn herum war alles verschwommen, als wäre die Welt selbst in einen Dunst aus Verlangen und Unsicherheit gehüllt. Sie lag dort neben ihm und schlief, wunderschön und unerreichbar, und es schien fast, als würde ihre Anmut ihn aus seiner eigenen Haut herausreißen. Der Gedanke, dass sie ihn je zurücklassen könnte, schnitt tief, wie eine Klinge, die durch einen alten Traum schnitt.

»Würde ich das wirklich tun?«, fragte er sich, während er ihre Lippen küsste. Es war nicht nur ein Kuss; es war eine getroffene Abmachung mit dem Teufel, eine stumme Verschwörung einer Macht, die ihn vernichten oder erheben konnte.

Er starrte erst gedankenverloren auf das schlafende Mädchen, dessen Schlaf er missgünstig bewachte, dann schaute er hinaus auf den stahlblauen Himmel, der sich gerade mit dichten Schneeflocken verhüllte. Scheinwerfer zuckten an den Wänden der Häusermauern entlang, und für einen Moment streifte sein Blick den Reißverschluss aus kleinen Fußabdrücken, welche sich über die Schneedecke weitausspannten. Im Raum war es dunkel; das gedämpfte Licht war ein Versteck, ein Schirm, der die Einsamkeit der Nacht kaschierte.

»Du hast einmal gesagt: ‚Die Menschen streben immer nach dem, was ihnen nicht zusteht.‘ Und da bist du, ein Mensch wie jeder andere, voller Fehler und Unsicherheiten. Vielleicht hätte ich dich einfach vergessen sollen, vielleicht hätte ich dann Frieden finden können. Aber was bleibt mir, wenn ich an all die Momente denke, in denen ich mich für uns entschieden habe, während du dich hinter deiner Familie versteckt hast? Du wolltest mich nicht, und ich war zu blind, um es zu sehen«, sagte sie halb im Schlaf.

»Weshalb bist du dann hierhergekommen?«

»Eines Tages werden unsere Erinnerungen verblassen, du hast sie geheiratet und uns all die Liebe, die wir einander hätten geben können, genommen«

»Wieso bist du dann hier?«

»Ich will atmen, nicht ersticken. Leben, nicht im Leid untergehen. Mein Leben ohne dich ist eine Lüge«, sagte sie an ihn herantretend und seine Hände küssend, und seine Augen füllten sich mit Tränen. Er sah Nefes an; ihre Augen brannten. »Komm«, forderte er sie auf, »ich muss dir was zeigen.«

Nichts, was er zuvor erlebt hatte, kam auch nur annähernd an diese Tiefe heran. Es war keine gewöhnliche Liebe; sie wühlte tief in seiner Seele, aber er war zu schwach, dem zu folgen, wonach er selbst verlangte.

Die Luft war schwer von unausgesprochenen Erwartungen, und die Atmosphäre schimmerte vor einer Hoffnung, die fast greifbar war − die Hoffnung, jemals diese Art von Liebe wirklich zu begreifen, zu spüren, zu fühlen, zu leben. Doch unter dieser Hoffnung lauerte eine Besessenheit, eine unerbittliche

Sehnsucht nach etwas, das jenseits des Fassbaren lag, jenseits aller Vorstellungen.

Sie liefen durch den Schnee, hinein in einen Wald. Zwischen den Bäumen ließen sie ihre Hände mal los, mal suchte die eine Hand nach der anderen. Niemand konnte ihm sagen, wie oft oder wie lange sie bereits jeden seiner Gedanken durchstreift hatte. Wie oft er ruhig und wortlos auf den Grund seiner eigenen Existenz geblickt hatte – und doch nichts fand außer Leere. Er lebte jeden Tag mit dem Gedanken, dass er das verlorene Stück seines Herzens wiederentdeckte. Aber den entscheidenden Schritt tat er nie. Ja, jetzt waren sie zusammen und liefen Hand in Hand am gefrorenen See entlang, die Kälte der Nacht umhüllte sie, während der Schnee leise unter ihren Füßen knirschte.

Als die Erkenntnis in ihr aufblitzte, fühlte er, wie die Besessenheit in ihm wuchs, bis sie fast unerträglich wurde. Plötzlich zog er sie fest an sich, seine Hände umschlossen zärtlich ihren Hals, dann fester zupackend, als wäre das der einzige Weg, ihre Seelen für immer zu vereinen.

»Es tut mir leid, du bist schon die Frau meines Herzens«, flüsterte er, mit einem Ausdruck tiefster Trauer in seinen Augen, während er sie küssend ins kalte Wasser gleiten ließ, als wollte er sie festhaltend loslassen.

Die Kälte durchdrang sie sofort, und Nefes kämpfte, während das Eiswasser über ihr zusammenschlug. Ihre Augen weiteten sich, und sie versuchte, an die Oberfläche zu gelangen, aber er hielt sie fest.

»Du kannst nicht gehen«, rief er verzweifelt in seinem Kopf, während er die Kontrolle über seine eigenen Gefühle verlor und ins Wasser sprang.

»Du wirst mich nicht verlassen.«

Die perlmuttfarbenen Lichter tanzten über ihnen wie Geister. Das Wasser schnitt wie tausend Nadeln in seine Haut. Sekunden vergingen, sein Herzschlag verlangsamte sich, und der Druck auf seinen Ohren nahm zu. Er hörte das Pochen seines Herzens, wie es immer langsamer und stummer wurde, bis es fast zum Stillstand kam. Die Zeit schien sich zu dehnen, als ob jede Sekunde zu einer Ewigkeit gefror. Das kalte Wasser umschlang ihn wie ein Versprechen, das ihn nie loslassen würde, und die Schmerzen in seinem Körper verwandelten sich in ein dumpfes Gefühl von Erlösung.

Über sich, dort, wo das Licht durch die Oberfläche des Wassers drang, sah er die Welt, die er verlassen wollte. Unter ihm lag die Dunkelheit, tief und einladend. Sie zog ihn hinunter, weg vom Licht, fort von der Realität.

Ihre Schreie, die unter dem Wasser erklangen, drangen nur noch als verzerrte Klänge in seine Ohren – wie ein trauriger Gesang, der die Leichtigkeit des unhörbaren Schmerzes zu mildern versucht. Er sank tiefer, bis er den Grund erreichte. Der Fluss hielt die beiden nun gefangen, wie ein kostbares Geheimnis, das niemals gelüftet werden sollte.

Das Wasser schloss sich um ihn wie ein Sarg. Ein kalter, stiller Raum, in dem die Zeit nicht existierte. Er fühlte, wie die Dunkelheit ihn umschloss, wie sie ihn von allem trennte, was jemals war, und ihn in ein ewiges Nichts stieß. Doch inmitten dieser Dunkelheit fand er das, was er so sehr gesucht hatte –

Geborgenheit. Die Kälte drang durch seine Augen, und als er sie schloss, spürte er, wie Nefes sich von ihm losriss, aber er hielt sie fest nach unten. Die perlmuttfarbenen Lichter schwebten über ihnen wie ein todbringender Schatten: Langsam und gnadenlos füllte sich ihre Lunge mit Wasser, und Nefes spürte, wie die Kraft aus ihrem Körper wich, ihre Sicht verschwamm zu einem vagen Schleier.

Er hatte es nicht gewollt, und dennoch floss alles ineinander und verschmolz zu einem einzigen, endlosen Moment. In diesem Moment gab es keine Zeit, keine Erinnerung, nur das kalte, dunkle Wasser, das beide hielt.

Inmitten dieser Unendlichkeit sah er etwas. Mitten in dem Licht standen sie, Hand in Hand, sich gegenüber. Ihre Blicke trafen sich, und in dieser stillen Verbindung war alles gesagt, was jemals gesagt werden musste. In der Unschärfe ihrer Gestalten, in dem flimmernden Licht des Wassers, blickten sie einander an, als wären sie auf einer Leinwand. In der Stille seines Herzens pulsierte eine Intensität, die die Dunkelheit vertreiben wollte und das Licht der Hoffnung entfachte, für immer zusammenzubleiben. Doch das Wasser bildete eine Mauer zwischen ihnen und drängte sie auseinander.

Er spürte, wie das Wasser tiefer auf sie drückte, wie es sie weiter hinunterzog, in das Grab, das nun ihr eigenes war.

Seine Hände griffen in die feuchte Erde, als ob er sich daran festklammern könnte, als ob er die Kälte bezwingen könnte. Er kämpfte sich an die Oberfläche, doch seine Finger glitten vom Eis und fanden keinen Halt.

Er legte sich nieder, erschöpft, sein Körper zittrig, doch nicht vor Kälte. Es war die Angst, die ihn zittern ließ – die Angst, ohne sie zu leben, ohne die, die er geliebt hatte, weiter zu existieren.

Der Schnee fiel sanft auf seinen Körper und bedeckte ihn wie ein weißes Leichentuch. Er rührte sich nicht. Er war gefangen, hilflos in einer Welt, die von ihm mehr verlangte, als er imstande war zu geben.

In dieser Welt lebte die törichte Illusion aufrichtiger als die Wahrheit.

Der aufprallende Schnee lähmte seine Gedanken. Doch da war jemand. Ein Fremder, der ihn vom Eis wegzog und eine Decke über ihn legte. Seine Tränen gefroren zu kleinen Kristallen auf den Wimpern. Sein Atem formte winzige Wolken in der kalten Luft, als ob er versuchte, mit der Kälte zu reden, während seine Lippen unbewusst ein Gebet improvisierten – stumm, aber lautlos schreiend nach etwas, das sie retten könnte.

Da war dieser Umhang, das kalte, unbarmherzige Eis, das sich wie ein schwerer Mantel um den leblosen Körper legte, und kurz darauf riss er seine Seele mit sich, ohne dass jemand je ahnte, dass auch *sie* dort gewesen war.

Bonbon

»In meinem Leben sah ich so viele Frauen, aber ich begegnete keiner wie ihr. Ich schlief mit den Frauen, die ihr ähnlich sahen, die ihren Namen trugen, die nach ihr rochen; aber gefangen in dem anderen Körper erkannte ich sie nicht. Stets auf der Suche nach Sohra verlief ich mich auf dem geraden Weg. Sohra, Sohra ... ihr Name ist die Form meines Herzens. Dennoch schlief ich ein in fremden Armen, unter falschen Liebkosungen und bitteren Küssen, deren Nachgeschmack mich die Sehnsucht nach Sohra spüren ließ.«

»Wäre das der Anfang einer Liebesgeschichte, so wärst du ein Poet!«

»Es ist keine Liebesgeschichte, es ist eher eine Legende.«

»Legenden schwinden im Schatten Zeit.«

»Für den, der geliebt hat, bleibt die Liebesgeschichte eine lebendige Legende!«

»Was ist mit dem, der geliebt wurde?«

»Sie kehrt nie wieder zurück zu dir, samt deinem Herzen.«

Alcaber schaute düster in sein Glas, so als schwimme dort eine Antwort.

Die Lichter gingen aus, und ein Signal ertönte. Die Show fing an, und ja, sie kam ihm gelegen, denn er musste sich ablenken; so viele Schmerzen entstanden, als die Erinnerungen durchbrachen. Diese unterdrückten Dämonen kehrten heimlich zurück und beherrschten seine Gedankenwelt. Wäre es bloß eine Affäre gewesen, Gott weiß, wie schnell er sich damit abgefunden hätte. Er würde sich damit so gar nicht beschäftigen. Etwas war da und ging zu Ende ... Er zog viele Schlussstriche unter bedingungslose Liebschaften, aber wieso verliebte er sich gerade in sie? Wieso verliebte er sich überhaupt?

»Ich wünschte, es wäre nie passiert; dann wären wir glücklich, auch wenn wir niemals zusammen wären.« Alcaber dachte laut.

»Was meinst du?«, fragte ihn Adamas.

»Ich meine ... würden wir uns nicht ineinander verliebt haben, so würde ich jetzt nicht leiden.«

»Du gibst also endlich zu, dass du leidest? Bravo, ein Durchbruch! Wieso habt ihr euch getrennt? Ich meine, die Zeit ist lediglich ein Faktor, Sohra ist schon lange weg und du kommst nicht über sie hinweg …«

»Ich sagte ihr, sie sei feige, sich für ihn und gegen uns gestellt zu haben. Ich schrie sie an, sie würde unsere Gefühle verleugnen. Ich liebte sie doch so sehr, und sie erwiderte meine Gefühle, doch sie brauchte Sicherheit. Sie baute sich ein vollkommenes Leben auf, ohne mich, aber dafür mit ihm! Doch ich kann nicht anders, ich liebe sie nach wie vor und hasse sie mehr denn je.«

»Du kannst nicht jeden Tag hierherkommen und deinen Schmerz in Whiskey ertränken!«

»Er kommt nicht mehr jeden Tag, er bleibt mehrere Tage lang hier, ohne zu gehen!«, rief die Bardame zu und kippte die Reste aus einem Glas aus.

»Was? Wollt ihr, dass ich ,nach Hause' gehe? Zurück ins Hotel?«

»Dann such dir was Eigenes, geh weg von hier, aber mach dich nicht so kaputt, Al!«

»Ich kann nicht von hier weg; was, wenn sie mich sucht und hierherkommt – und ich nicht da bin?«

»Al, schließ damit ab!«

»Aber wie? Mein Leben ist mit ihrem verbunden. Denkst du, ich möchte mich nicht von ihr lösen? Ich sehe SIE nachts im Traum, wenn ich schlafe, und morgens neben mir ... da liegt SIE und schaut mich an. Im Badezimmer steht SIE hinter mir, wenn ich in den Spiegel schaue. Mein Schatten ist SIE, SIE, die mich verfolgt ... Ihre Stimme ist in meinem Kopf, und ich kann gegen all das nichts tun. Als ich ihr sagte, unsere Träume seien nichts wert, da habe ich meine Seele verloren. Ohne meine Träume bin ich nichts! Sie machte mich vollkommen, und nun bin ich leer und allein, und Sohra ist irgendwo und glücklich.«

»Ist sie das wirklich?«

»Ich bilde es mir zumindest ein, denn ihr Glück hält mich noch in dieser Welt. Wäre sie unglücklich, so sähe ich nicht ein, wozu ich dann noch leben sollte. Manchmal, da denke ich mir, ich fahre an ihrem Haus entlang und sehe in ihrem Garten viele weiße Margeriten blühen, und dann denke ich: Natürlich, deshalb ist sie meiner Liebe nicht sicher ... Sie müsste so viele Blüten abzupfen, und ich weiß, dass dieses trostlose Blütenmeer ihr keine Antwort geben würde.«

»Schatz, vielleicht solltest du sie einfach vergessen?«

»Tolle Idee, Iwa«, sagte Adamas und blickte hoch über seine Schulter.

»Na ja, Frauen ziehen eher den Schlussstrich. Frauen setzen sich eben eher mit dem Beziehungsende auseinander und verarbeiten den Schmerz besser ... Männer versuchen alles zu verdrängen.«

»Aber mal ganz ehrlich, woran liegt das?«, fragte Adamas.

»Männer haben weniger Möglichkeiten, sich auszutauschen ... Männer sind unsicher, und ihr könnt nicht mit Emotionen umgehen! Ihr idealisiert die gescheiterten Beziehungen, anstatt euch klar zu werden, dass etwas kaputt ist«, sagte sie und setzte sich auf Adamas Schoß.

»Iwa, wieso kennst du dich damit so gut aus? Ich dachte, ich wäre der Einzige für dich!«

»Ah, Adamas, das denkst du immer noch?!«, sagte Iwa und zerzauste sein schwarzes Haar.

Adamas verschluckte sich fast an seinem Drink und küsste sie stürmisch.

»Ihr zwei habt euch, und wisst gar nicht, wie gut ihr es habt! Ich kann nicht mal mehr spielen. Sohra bestimmt den Rhythmus meines Lebens. Als sie aufgehört hat zu singen, konnten sich meine Finger auf einmal nicht mehr bewegen.«

»Du säufst, aber spielst nicht ...«, so die nüchterne Erkenntnis von Adamas.

»Jede verdammte Taste, die ich berühre, erinnert mich an ihren Herzschlag, der langsam immer schwächer wird.«

»Sie ist nicht tot, oder?«, fragte Iwa leicht verstört.

»Sie ist weg. Aber frag mich nicht, warum ... Ich habe keine Ahnung«, flüsterte Adamas.

Iwa wollte etwas sagen, öffnete den Mund – und schwieg dann doch.

»Ich sehe den Tag nicht mehr. Für mich sind die Tage dunkel und die Welt schwarz-weiß.«

»Es sind die Lichter des Varietés, sie blenden dich«, sagte Iwa.

»Ich dachte immer, Menschen könnten nicht wirklich unglücklich sein; das Leben ist spannend, aber ohne Sohra gibt es nichts Interessantes. Dieses Stück fehlt; sie ist ein Stück meines Glückes. Wahrscheinlich lacht sie gerade mit ihm, denn ich kann mir nicht vorstellen, dass sie weint. Nicht einmal meinetwegen oder um uns.«

»Was machst du da? Oh Gott, sag nicht, du schreibst mit?«

»Was denn?! Der Typ redet wie ein Poet – das darf nicht verloren gehen!«

»Schriftsteller!«, empörte sich Iwa über Adamas.

»Alcaber. Al ... Schätzchen, geh raus an die frische Luft, du siehst nicht gut aus.«

»Nein, ich bleibe hier und versuche mich abzulenken.«

»Es gibt Dinge, die passieren nun mal. Glücklich sein kann nicht jeder. Du weißt, wo du dich befindest! Wir sind die Straße der käuflichen Liebe. Hier gibt es nackte Haut und Luftküsse, die wie Pistolenkugeln durch dich hindurchgehen und dir wehtun; aber wenn du das richtige Leben suchst, dann geh weg von hier!«

Iwa blies Rauch in die Luft und nahm einen Schluck Champagner.

»Meine Zukunft ist ohne Sohra unvorstellbar ...«, murmelte Alcaber.

»17 Monate sind vergangen!«, sagte die Bardame.

»Du zählst mit?«, fragte Iwa verdutzt.

»Ich zähle natürlich mit … Alcaber lässt bereits seit 17 Monaten anschreiben!«

»Du denkst nur ans Geld, was?«, fragte Iwa.

»Alcaber, wir wollen dich nicht so enden sehen«, sagte Adamas.

»Schatz, du bist an der Grenze zur Alkoholsucht.«

»Und wer Alkohol trinkt, ist verflucht.«

»Oh mein Gott, woher hast du denn den Schwachsinn?«, fragte die Bardame.

»Aus dem Koran.«

»Du liest den Koran?«

»Er liest ihn nicht, er prägt sich die Verse ein!«, sagte Iwa und nahm einen weiteren Schluck.

»Was daran ist bitte falsch?«

»Ja, nichts, mon mari … Nur, früher hast du alles ‚Übernatürliche‘ verspottet. Soweit ich mich erinnere, sagtest du doch immer, Moscheen seien insgeheim Landeplätze für Außerirdische«, sagte Iwa und trank den letzten Tropfen aus.

Adamas hob leicht eine Augenbraue und entwertete das soeben Gesagte mit einer gewissen Dekadenz.

»Woher der Sinneswandel?«, fragte Alcaber.

»Ich habe eingesehen, dass ich falsch lag. Die Welt ist so vergänglich, ich bin es … Mein Herz wurde blind und taub, nachdem ich endlich Kohle mit dem Laden verdienen konnte, und mir alles leisten konnte. Ich dachte, ich hätte alles selbst erschaffen, aber nein! Dank ALLAH habe ich diesen Reichtum.«

Langsame Musik setzte ein. Ein junger Mann erhob sich von seinem Sessel, breitete seine Arme aus und bewegte sie zur Musik, als hätte er Flügel wie ein Vogel, und schwebte mit ihr im Raum.

»Oh Varieté, bruit dans la tête.«

Er schloss seine Augen und tanzte singend weiter.

Die Nacht rückte näher. Der Nebel bildete sich aus dem Zigarrenrauch gutaussehender älterer Männer. Man sah schöne Frauen in engen Kleidern, die jeden anlächelten, aber das Lächeln einer Frau muss richtig gedeutet werden. Frauen *lächeln* nicht jeden an. Oft ist es nur Mitleid.

»Entschuldigung, haben wir uns nicht schon mal gesehen?«, fragte ein Mann.

»Ich denke nicht«, sagte Charleen.

»Weißt du, was ‚Küss mich‘ auf Französisch heißt?«

»Au revoir!«, erwiderte sie gekonnt.

Sie ging weiter, weil sie nicht den gleichen Fehler wie vorletzte Nacht machen wollte, in der sie mit einem Kapitän mitging und am frühen Morgen von seiner Frau rausgeschmissen wurde. Vielleicht hätte sie heute mehr Glück, aber sie wollte es nicht drauf ankommen lassen.

Adamas drehte sich zu Iwa und Alcaber um.

»Ihr versteht es sowieso nicht! Niemandem steht es zu, an den Koran zu glauben, es sei denn mit Allahs Erlaubnis, und er ist zornig auf diejenigen, die nicht begreifen wollen.«

»Dann sag mir doch, warum Gott oder Allah meine Gebete nicht erhört«, sagte ein junges Mädchen, das auf ihn zukam.

»Er antwortet immer, wenn man ihn fragt.«

»Na, dann muss ich ja seine Antworten immer ignoriert haben!«

»Lola, wenn du deinen Verstand dazu verwendest, dich Allah zu öffnen, ohne Ablehnung, dann wirst du die Wahrheit offenbart bekommen!«

»Hör zu! Ich bat Gott nach einem Ausweg, und er führte mich hierher, direkt ohne Umwege.«

»Behandele ich dich in irgendeiner Weise schlecht?«, fragte sie Adamas mit einem scharfen Blick.

Hatte sie doch vorher den wilden Blick einer Raub-katze gehabt, verwandelten sich ihre Augen nun in die eines einsamen Vogels.

»Du hast sie traurig gemacht, Adamas! Ich geh ihr lieber nach ...«

Iwa drückte ihre Zigarette aus, stand vom Stuhl auf und ging Lola hinterher. Ihre langen Beine waren in blickdichte schwarze Seidenstrümpfe gehüllt, und ihr rotes Kostüm umschlang eng ihre Taille. Die bewundernden Blicke, die ihr folgten, bemerkte sie augenzwinkernd. Jegliches Raumgefühl schien sich unter ihren Bewegungen aufzulösen.

»Es sind nur kostümierte Girls«, sagt man, aber die-se Girls bieten mit ihrem schnellen Bühnenwechsel, ihren artistischen, tänzerischen und akrobatischen Vorstellungen eine bunte Vielfalt an Abwechslung, die mosaikartig zusammengesetzt sind. Es sind Chamäleons – keine Frauen!«

Von der Bühne kam eine groteske Pantomime herunter, aber als sie ins Licht trat, war da eine vollkommen andere Gestalt. Sie schien auf imaginären Wellen zu schwimmen. Lange blonde Haare, die sich am Körper wellten, die hellsten Augen, die vieles zu wissen schienen und alles für sich behielten.

»Hey Süße … Komm und tanz nun für mich!«, sagte eine angetrunkene Männerstimme, der man kein Gesicht zuordnen konnte.

Sie sah ihn nur schweigend an, ohne einen Muskel ihres Gesichtes zu verziehen.

»Na los, beweg dich! Sobald du auf der Straße stehst, bist du doch wieder nichts weiter als eine Nutte!«

Adamas mischte sich ein: »Verzeihung mein Herr, unsere Mädchen sind keine Nutten, es sind Tänzerinnen!«

»Warum redet die nicht? Das hätte sie mir auch selber sagen können! Oder kostet Reden extra bei ihr?«, er lachte laut und direkt in Adamas Gesicht.

»Mit Respektlosigkeit kann ich umgehen, aber schlechte Manieren passen mir überhaupt nicht!«, sagte Adamas und mit einem Mal schlug er dem

Mann mitten in die Magengrube, und der brach vor ihr zusammen.

»Ich bin von der Regierung!«, schrie er am Boden.

»Sie, alter Mann, sind nur ein Krawattensklave.«

»Ich verklage Sie!«

»Klassiker – nichts Neues. Und jetzt raus hier, und sehe ich dich hier noch einmal, dann werde ich deine dämliche Visage neben den Elchkopf an die Wand nageln! Verstanden?!«

Der Mann stürmte abrupt aus dem Varieté und sank am Straßenrand zusammen.

»Wer ist das? Ich habe das Mädchen nie zuvor bemerkt?«, meinte Alcaber.

»Das ist Galyana. Sie ist unsere Vertretung für Ria.«

»Weshalb redet sie nicht?«

»Sie hat sich die Zunge abgebissen. Als Kind hat sie versucht zu schreien, und ihr Peiniger war so entsetzt von dem überlaufenden Blut aus ihrem Mund, dass er von ihr abließ und sie fast an dem Blut erstickte, während sie einer Vergewaltigung entging.«

Sie ging in einen anderen Raum, und die Flügeltüren schwangen, wie zwei Engelsflügel, mit.

»Sie ist so fragil und filigran, man möchte sie beschützen«, fügte die Bardame hinzu.

»Das Leben ist absurd!«, antwortete Alcaber.

»Genauso absurd, wie manche Frauen für Geld Sex haben, obwohl sie den Mann unter ihnen gar nicht lieben und sich im Inneren sogar noch ihm entziehen«, sagte Adamas und setzte sich wieder neben Alcaber.
Alcaber goss sich selbst Whiskey ein.

»Ist eine Hure nicht eine Art Schauspielerin? Sie entblößt ihre Seele, wie traurig«, sagte Alcaber nachdenklich.
»Redet ihr von mir?«, fragte Charleen.
»Süße! Nochmal … DU BIST NICHT DER MITTELPUNKT DER WELT! Sprich mir das nach!«, befahl Adamas.
»Ich bin der Mittelpunkt der Welt«, sagte sie auf Zehenspitzen.
»Oh Prinzessin, wo ist denn deine Krone?«
»Im Pfandleihhaus!«
»Du siehst heute besonders gut aus …«

»Adamas, hör auf damit! Von Komplimenten bekomme ich ekligen Hautausschlag.« Sie kratzte sich an ihren Armen und machte ein besorgtes Gesicht dabei.

Als sie weg war, fragte Alcaber: »Was macht diese Frau so singulär?«

»Gigantomanie!«, erklärte Adamas.

»Was?«

»Sie denkt groß! Sie möchte nicht etwas, sie will alles, und sie weiß, wie sie es bekommt, auch wenn sie Niederlagen erleiden muss! Dazu diese lasziven Gesichtszüge ... Ich sag dir, hätte ich Iwa nicht geheiratet, dann ...«

Adamas zündete sich eine Zigarette an und folgte Charleen in die Umkleidekabine.

Licht flackerte im Saal, wie eine Fledermaus, die sich im Raum verirrt hat. Jetzt fühlte sich das Varieté stickiger an, und die Aschenbecher wurden immer voller.

An der Bar saß ein Typ mit grauen Haaren und krummem Rücken. Die Augen umrahmt von dunklen Schatten. Traurig und betrunken blickte er in sein Wodka-Glas, mit einem Mal trank er es leer, stand vom Hocker auf und verschwand schwankend für immer aus dem Varieté.

Es herrschte eine elektrisierende Melange zwischen Sinnlichkeit und einer kläglichen Atmosphäre aus Melancholie.

»Mit jedem Jahr werden meine Erinnerungen an dich mehr und mehr verblassen.«

»Mit wem redest du da?«, fragte Ria.

»Sohra!«

»Sohra? Al, vielleicht sollte ich es dir nicht sagen, aber Sohra ist in einer Anstalt für psychisch Kranke und lässt sich behandeln.«

»Nein! Sie ist mit dem Idioten durchgebrannt.«

»Al. Ich besuche sie regelmäßig. Das macht es ihr nicht leichter, aber Hauptsache, jemand ist für sie da.«

»Wovon redest du?«

»Sie hat ihr Kind verloren und danach einen schweren Nervenzusammenbruch erlitten. Morgen früh wird sie entlassen.«

»Kommt sie her?«

»Ich denke nicht. Sie glaubt, du hasst sie, weil sie dir nicht die Wahrheit sagen konnte. Sie denkt, du könntest ihr niemals vergeben, dass sie dich betrogen hat und schwanger von einem anderen wurde.«

»Ein Kind?«

»Ja Al, sie war schwanger. An dem Tag damals, kannst du dich noch erinnern …? Da war sie bei ihm gewesen, um mit ihm endgültig Schluss zu machen, aber sie bekam Schmerzen im Unterleib, und er musste sie ins Krankenhaus fahren, dann hat sie mich angerufen. Ich durfte dir nichts davon sagen … Es tut mir so leid.«

Alcaber drehte sich um, sah Adamas, der alles mitangehört haben musste, und blickte auf eine polierte Fliese, die sein aufgedunsenes Gesicht reflektierte.

Er betrachtete sein Antlitz, so wie ein Kind eine Kakerlake betrachtet. Er zog die Augenbrauen hoch und lächelte kurz wie im Wahn.

»Oh Gott, jetzt kommen die Halluzinationen wieder«, sagte er zu sich selbst und drehte sich zu Ria um, aber sie stand nicht mehr hinter ihm. Verwundert schaute er um sich.

»Das Puzzle der Welt, das heißt, der Blick eines Menschen auf die Welt, hängt davon ab, ob er sich für ein Geschöpf Gottes hält oder für Gott selbst! Wir sind gottgleiche Wesen, wir können unterscheiden zwischen Gut und Böse. Hier trägt keiner Schuld«, sagte Adamas.

»Aber man trägt eine gewisse Verantwortung«, meinte Ria.

Seine Liebe nicht nur ein Gefühl. Unterdrückte Gedanken kreisten schwerelos im Raum. Was sollte er tun? Er wollte jemanden um Rat fragen, aber das würde bedeuten, dass er versuchte, einer Entscheidung auszuweichen. Noch nie in seinem Leben war er so ahnungslos gewesen. Er hatte gedacht, er wisse alles. Jetzt wurde ihm offenbart, dass er nichts wusste, dass er sich getäuscht hatte.

Am nächsten Morgen, an dem Tag, als die Sonne so hell schien und er so gedankenverloren auf eine Erscheinung starrte, die ihn völlig aus dem Konzept brachte, fuhr ihn Ria zur Klinik. Sie ließ ihn allein aussteigen und hineingehen.

Die Krankenschwester öffnete die Tür, und da standen sie sich gegenüber. Sohra wusste nicht, was sie sagen sollte, und er wusste es auch nicht.

Beide gingen sie aufeinander zu und umarmten sich innig, ohne Worte, nach Verzeihung bittend.

Er lächelte tapfer und nahm ihren kleinen Koffer.

Er trug ihre Sachen, und sie wollte sagen: »Danke, dass du hier bist. Danke, dass du den ersten Schritt gemacht hast«, aber sie blieb still.

War wirklich so viel Zeit vergangen? Beide machten diesen Fehler einander vergessen zu wollen. Beide hatten sich in diesen Monaten verändert, hatten sich an die felsige Wand der Liebe geklammert, die bröckelte, und sind dennoch nicht abgestürzt in Ihrer Hoffnung einander wiederzusehen.

Aber was einst Liebe gewesen war, war jetzt zu etwas anderem geworden, einer klaren Substanz mutmaßlicher Erinnerungen und der Erkenntnis, dass ein Leben ohneeinander nicht lebenswert ist.

Sohra versuchte, ihn unbemerkt zu beobachten, lange und intensiv auf sein Gesicht zu blicken, ohne dass er sie anschaute. Aber sie fand darin nichts

Wiedererkennbares. Erst als er sie auch ansah, spürte sie ihn.

Er machte ihr die Tür auf, und sie stiegen in ein Taxi.

Jetzt wurde es ihm bewusst. Die Sohra, die Person, die er mit anderen Frauen verglich und doch niemals etwas Besseres fand, saß neben ihm. Nun versuchte Alcaber, sich zu entspannen, aber er verkrampfte innerlich. Er lachte, und auch sie lachte; dabei sah sie sein Profil und die hochgezogenen Mundwinkel. Nun sah sie, was sie vermisst hatte und wonach sie sich die ganze Zeit sehnte.

Wenn Hoffnung aufblüht, schlägt das Herz schneller. Sie wollte den Schmerz nicht mehr spüren, und dort, wo sie war, hatte sie gelernt, dass sich ihre Schmerzen nicht mit Tränen vertreiben lassen.

Man kann nicht erwarten, dass alles so wie damals ist, als sie sich liebten. Das letzte Mal, als sie sich sahen, hatten sie sich bösartige Luftwörter zugespielt, wobei sie stumm ihre Lippen bewegten und keiner einander verstand … In jede Zelle ihrer Seele drang nur der Schmerz hinein.

Jetzt sprach er ruhig und klar, so anziehend, dass keine Zeit mehr zwischen ihnen schien. Es war ihre Gegenwart, und die Gelegenheit bot sich, zusammen zu sein, allein miteinander und zu zweit für immer.

Mir gefiel sein Lächeln, euch würde es auch gefallen. Ich denke, ihr habt ihn sogar mal lächeln sehen, aber ihr habt dann plötzlich weggeschaut. Und Sohra, sie blieb beeindruckt vor diesem Lächeln stehen und verliebte sich.

Man sagt, *Liebe sei die Flügel der aufkommenden Winde*, und sie trägt die Menschen hinfort, die auf solch einen Windzug warten. Ich weiß nicht, ob das stimmt, aber das Schicksal irrt sich nie.

Sie gingen in den Fahrstuhl hinein, und still, still war es, als er durch seine hellbraun getönte Sonnenbrille in ihre Augen sah.

Sie versuchte zu lächeln, doch er lächelte nicht, er erwiderte es nicht einmal.

Also blieb auch sie gebannt vor ihm stehen und sah einfach in seine Augen. Es war ein gespenstischer Moment; er reagierte nicht, sah sie bloß an. So, als ob er sie küssen wollte, konnte oder durfte es aber nicht. Jedenfalls wünschte sie sich, dass auch er sie wollte, sagte aber nichts.

In jener Trennung lebten sie ihre Liebe ein Leben lang. Getrennt von Raum und Zeit, in ihren Gedanken miteinander verbunden, doch letztendlich war es nur der Glanz trügerischer Gefühle.

Basiston der Freiheit

»Mein Herz brach, als sie mich ansah, doch nur ich hörte, wie die Scherben meines Innenlebens auf meine Organe fielen und die Splitter in sie eindrangen. Das war jener Moment, in dem ich nichts festhalten konnte und nichts unter Kontrolle hatte. Für mich war es jener Moment, als ich zum allerersten Mal starb und wieder auferstand. Ich lebte 8695 Tage, ohne Coyten gekannt zu haben. Als wir uns zum ersten Mal trafen, war da diese enorme Anziehungskraft zwischen uns. Mit einem einzigen Blick wussten wir, dass wir füreinander bestimmt waren. Sie war mein zweites Ich. In ihrer Nähe fühlte ich mich vollständig. Ich wünschte, ich hätte damals den Zeitfluss gestoppt, den Augenblick eingefroren, als ich mich in sie verliebte«, sagte eine Stimme.

Die Audiokassette stoppte. Ein grelles Licht blendete ihn. Er fiel in einen Art Trancezustand. Diese tiefe Entspannung löste seine Krämpfe. Mit den Augen fixierte er ein Pendel. Die äußere Realität stand ihm nun nicht mehr im Weg, stattdessen öffneten sich ihm innere Gefühle, die er zuvor verdrängt hatte. Bilder schossen ihm durch den Kopf, und seine Augen bewegten sich gleichmäßig hin und her.

»Sagen Sie mir, was Sie sehen!«, sagte eine ruhige, ältere Stimme aus dem Dunkel einer Ecke.

»Vor mir erstreckt sich ein Wald, doch die Bäume sind aus massivem Stein. Die Stämme wirken unbeweglich und kalt, wie uralte Säulen, die bis an den Himmel ragen. Sie alle sind größer als ich, viel größer, und sie blockieren mir den Weg nach Hause. Ich habe mich verlaufen, ich weiß den Weg nicht mehr zurück.«

»Beruhigen Sie sich und erzählen Sie mir: Sind noch andere Menschen außer Ihnen dort? Was tun diese?«

»Es gibt Menschen, ich sehe sie. Sie tauchen hinter Betonstelen auf. Die Sonne geht auf, jetzt wird alles klarer. Das Schattenspiel hört auf. Einige Menschen flüstern, sie sehen besorgt aus, verstummen sogleich.«

»Wie fühlen Sie sich umgeben von diesen fremden

Menschen? Beschreiben Sie es mir so gut es geht.«

»Ich fühle mich hilflos und eingeschlossen. Diese Fremden bedrängen mich, doch auch sie werden von anderen bedrängt. Es werden immer mehr Menschen. Sie füllen die Lücken zwischen den Betonquadern.«

»Haben Sie die Frau im roten Mantel gefunden? Konzentrieren Sie sich auf die Farbe. Sie muss dort sein.«

»Ich sehe keine Farben, alles ist eintönig. Die Menschen fangen an umzufallen. Ich glaube, sie sterben.«

»Schauen Sie sich um, Sie müssen Coyten finden. Erinnern Sie sich: Wo stand die Frau beim letzten Mal?«

»Sie war neben mir, doch jetzt ...«, er schrie voller Panik: »Überall liegen Knochen! Alle sind tot!«

»Edgar, ich zähle nun von drei rückwärts. Bei eins sind Sie vollkommen wach und werden sich an alles erinnern, was eben geschah. Drei, zwei, eins.«

»Ich habe wieder nichts gefunden«, sagte er und starrte den grauhaarigen alten Professor verwirrt und nach einer Antwort verzweifelt, suchend an.

Der Hypnotiseur erhob sich von seinem Stuhl und ging zurück ans Fenster. Es hatte den Anschein, als hätte diese Reise, tief in die Schatten seines Patienten, wieder keine Antworten gebracht, nur flüchtige Bilder.

»Dieses Behandlungsverfahren wird in vielen Fällen angewendet. Meistens mit Erfolg. Natürlich ist es von Person zu Person unterschiedlich. Aber es war nicht die erste Sitzung. Nun, Mister Kromm, damit kann man einige Probleme lösen und sich von dem emotionalen Ballast erleichtern, aber was sie von mir verlangen ... Diese Frau in einem Traum zu finden, das wird nicht gelingen. Ein Traum bleibt ein Traum«, sagte der Professor von unmächtigem Zorn durchzogen.

»Diese Schlafstörungen rauben mir meine gesamte Kraft.«

»Die Suche nach dieser Coyten ist schwer. Ohne Anhaltspunkte eine Frau in einem Traum zu suchen, ist vergebens und sinnlos! Sie sehen es doch selbst.«

»Es gibt Anhaltspunkte, Professor. Der rote Mantel.«

»Das bringt uns nicht weiter! Ich will Sie nicht unter Druck setzen, Edgar, aber ich fürchte, sie müssen sie in der realen Welt suchen und sich der Illusion, jemanden im Traum zu wiederzufinden, ergeben.« Er konnte den weiteren Satz, der in seinen Gedanken war, nicht formulieren. Doch Augen sagen mehr als Worte, auch der Professor konnte ihm nicht helfen. Edgar verließ frustriert den Behandlungsraum.

Die Straßen waren durchzogen von grauem Nebel. Menschen mit tief gesenkten Köpfen gingen an hohen Gebäuden vorbei. In ihren Gesichtern spiegelte sich leblose Mimik wider. Eine Art von Maske, um sich vor der Welt, um sie herum, zu schützen. »Frieden und Gerechtigkeit bringt ER!«, rief eine Stimme.

Edgar wusste nicht, ob er das tatsächlich gehört hatte oder es sich nur einbildete. Er ging weiter, da war diese Stimme erneut zu hören. Es war keine Einbildung.

»Der Erlöser wird zurückkehren. Juden, Christen und Muslime werden sich vereinigen. Die Endzeit naht!«

Nun sah Edgar den Mann zu der zitternden Stimme, die er sich eingebildet zu haben dachte. Ein junger

Mann, vielleicht erst Anfang 20, stand verfroren da und predigte. Er trug Lumpen an seinem dürren Körper.

»Er wird die Welt befreien, von Aberglauben, Atheismus, Krieg und Konflikten, rassistischen und ethnischen Feindseligkeiten. Er wird den Menschen einen Beweis für die Existenz Gottes darbringen. Wir werden alle Zeugen sein. Die Endzeit naht!« Edgar ging immer weiter auf den jungen Mann zu. Kein anderer hörte auf das, was er sagte. Alle schienen mit ihren eigenen Sorgen beschäftigt zu sein. »Wer ist dieser Erlöser?«, fragte Edgar eindringlich. Der junge Mann schaute ihn verwirrt an. Nun sah Edgar, dass in den Augen des Mannes etwas Anstößiges lag. Eine Obsession, die ihn schockierte. »Wer ist er, sag es mir, wer ist er?« wiederholte Edgar und griff den jungen Mann bei den Schultern. »Jesus Christus!«, sagte der Verzückte und starrte Edgar direkt in die Augen, so nah, dass ihre Gesichter beinahe keinen Millimeter Abstand mehr hatten. »Jesus?«

»Der Prophet Gottes. Du musst leugnen, dass er Gottes Sohn ist, sonst wird Satan dein Herz mit sich

nehmen, und ohne Herz wirst du nichts sehen können.«

»Was sehen? Was werde ich nicht sehen können?«

»Sie!«, sagte er und wand sich von Edgar ab.
»Sie – Coyten? Woher kennst du sie? Was weißt du
von ihr? Wer bist du?«, schrie ihn Edgar an. Packte
ihn nun stärker an den Schultern und schüttelte ihn
heftig. Edgar schlug gegen die Brust des Mannes. Er
schlug vergeblich mit so viel Kraft, dass es sich anfühlte, als schlage er gegen eine Mauer. Ihm rannen
Tränen über das Gesicht. Und als er sich umdrehte,
stand da ein Sicherheitsbeamter, und der Prediger
war plötzlich weg.

»Sir, Sie stehen vor der Botschaft. Es ist besser, Sie
gehen rein. Die Leute schauen schon.«

Edgar blickte um sich, aber da waren keine Leute
mehr. Die Straße war menschenleer.

Er ging in die Botschaft rein, ohne sich weiter umzu-
schauen. Auf dem polierten weißen Marmorboden
wäre er fast ausgerutscht, aber gerade noch so hielt
er sich an einer Säule fest. Es war wieder einer dieser Tage - ruiniert von dem Albtraums, in dem er
Tag für Tag gefangen war.

»Mister Kromm, auf Ihrem Schreibtisch liegen Dokumente zur Unterzeichnung bereit. Nach Ihrer Genehmigung werde ich sie in die Heimat faxen.« Edgar hörte diese eindringliche Stimme hinter sich. Ein rothaariger, naiv dreinblickender Mann stand neben ihm, und wartete, wie ein Hund, auf eine Antwort.

»Ja, danke, Jake, ich sehe es mir gleich an«, sagte Edgar etwas verwirrt. »Irgendwelche Anrufe heute Morgen?«

»Nur ein Anruf. Von Ihrer Frau.«, sagte Jake und lächelte.

»Meiner Frau? Aber das ist unmöglich.«

Edgar dachte wieder an Coyten. Wo war sie?

»Verzeihung, Ihre Exfrau hat angerufen. Sie meinte, sie bräuchte eine Einverständniserklärung von Ihnen, um das gemeinsame Haus verkaufen zu können. Soll ich vielleicht die Erklärung verfassen, Ihnen zur Unterschrift vorlegen und sie anschließend weitersenden?«, fragte Jake und hatte wieder diesen naiven Zug um die schmalen rosa Lippen.

Edgar dachte einen langen Moment nach. Etwas war ihm nicht geheuer. Das freundliche Lächeln, welches

Jake vorgab, deutete auf etwas Hinterlistiges hin. Es war ein Lächeln, das die Augen nicht erreichte, sondern nur die Lippen zierte. Als ob hinter dieser freundlichen Fassade eine verborgene Absicht lauerte, etwas Fieses, das Edgar misstrauisch machte.

»Danke, Jake, machen sie das bitte und lassen Sie keine Anrufe zu mir durchstellen. Und nehmen Sie sich frei. Ich werde alles selbst rüberschicken, so schwer wird's schon nicht sein«, sagte Edgar schroff.

Er schloss die Tür hinter sich und atmete tief durch. Er hatte die Tageszeitung herausgeholt und schaute auf das Datum. Wie lange doch er Coyten bereits nicht mehr gesehen hat.

Vielleicht mussten die Schreiben gleich raus, aber er beeilte sich nicht, sie zu unterzeichnen. Stattdessen dachte er nur an Sie. Er war nun seit einem Jahr, seit zwölf ganzen Monaten, ohne Coyten. Deshalb war seine Ehe in die Brüche gegangen – weil er nicht lügen konnte. Er setzte 20 Jahre Ehe aufs Spiel. Für Coyten. Er liebte nur noch eine Frau. Welche ihn aber nicht mehr sehen wollte. Einen Grund für Ihr Verhalten wusste er nicht einmal.

Sie war diejenige, die alles zerstörte und dabei sagte: »Die besten Dinge im Leben sind es wert, erobert zu werden.« Und er dachte, ihre Liebe sei selbstlos, ohne Widerstand. Frei von Kämpfen. Ungebunden und doch wissend zu wem man gehört. Sie war sein alles. Coyten, ein Gespenst, das durch seinen Kopf schwebte. Coyten, die Spinnweben um sein Herz geflochten hatte. Man sagt, fremde Diamanten bringen Unglück. Sie war etwas Kostbares. Er trug diesen Diamanten und stürzte ins Unglück. Aber wie sollte er überhaupt auch wissen, was Glück ist? Hat er doch die wahre Liebe nicht halten können.

Er schaute die Dokumente durch. So konnte er sich wenigstens ablenken. Seite um Seite überflog er und setzte seine Unterschrift. Draußen auf der Straße, hinter seiner Seelenqual, lag etwas verborgen. Dann nahm er sich eines der bereits unterzeichneten Dokumente und las. »Vorschlag zur gezielten Durchsetzung der Eine-Welt-Regierung.« Er konzentrierte sich und las die Überschrift mehrmals. Das Dokument gehörte nicht zu den Verhandlungen. Es musste offensichtlich Jake dazwischen gerutscht sein.

Er dachte kurz an die Konferenzen, denen er beiwohnte, aber auch dort war keine Rede von einer solchen Regierung gewesen. Er erhob sich vom Stuhl und stützte sich mit beiden Händen an der Tischkante ab. Seine Fingerabdrücke verschmolzen mit der Glasplatte. Auf seiner Stirn zeichneten sich Falten ab. Man würde wollen, dass er nicht so viel leide, aber Leid ist ein Zeichen von aufrichtiger Liebe, oder?

Draußen wurde es dunkel, die Sonne ging unter, und er sah das rote Halstuch der untergehenden Sonne über dem Himmel. Was er in den Dokumenten las erschütterte ihn.

Er machte Licht, setzte sich aufs lederne Sofa und sprach das aus, was ihm als Erstes durch den Kopf schoss: »Freiheit, Gleichheit, Brüderlichkeit, Toleranz, Humanität.« Nachdenklich machte er die Augen weit auf, wiederholte den Satz mehrere Male und fing an zu begreifen. »Der Mensch steht im Mittelpunkt.« Es war eindeutig. Wie konnte er nur so begriffsstutzig sein? Nun lagen diese Dokumente schwarz auf weiß vor ihm, von denen bereits im

Fernsehen spekuliert worden war. Edgar las sich alles mehrmals durch – die Pläne, die Methoden – und versuchte, sich so viel wie möglich zu merken. »Brillante Intellektuelle bilden zusammen eine völlig totalitäre und absolut kontrollierte ‚neue‘ Gesellschaft. Die Eine-Welt-Regierung. Wir wussten es alle.«

Nun wurde ihm alles klar: die Weltwährung, die man nur wenige Jahre nach der Inflation des Euros eingeführt hatte, um ein einheitliches Währungssystem zu schaffen; die Aufhebung der Grenzen ... Jedes Individuum sollte vom Staat abhängig sein, daher die sozialen Einrichtungen und Stützen. Keiner war frei.

»Verzeihung, ich dachte, ich hole doch lieber die Dokumente jetzt ab, und erleichtere Ihnen die Arbeit.« Edgar fühlte sich ertappt und stotterte: »Oh ja, mir ging's nicht gut, wahrscheinlich ist es diese Grippe, die gerade kursiert. Aber Jake, sind Sie denn nicht nach Hause gegangen? Habe ich denn nicht die Tür abgeschlossen ...?«

»Es kursiert keine Grippe«, entgegnete ihm Jake mit

einem leichten Hinterhalt in seiner dünnen Stimme. Edgar fühlte sich unwillkürlich ertappt und stammelte dann abrupt: »Ich habe die Dokumente unterzeichnet.«

»Sehr gut, dann geht alles schnell über die Bühne.« Edgar nickte gehorchend. Er wollte noch etwas sagen, aber der Assistent unterbrach ihn, als dieser den Mund aufmachte.

»Ich glaube, Sie gehen besser nach Hause. Sie sehen wirklich nicht gut aus. Ich rufe ein Taxi für Sie.«

»Fahren Sie mich zum Mercure Grand Hotel.« Der Taxifahrer dreht sich um und sagte etwas bissig: »Sie scherzen wohl, dies ist kein fliegender Fahrservice, und die Innenstadt ist komplett dicht.« »Aber es stand nichts davon in der Zeitung, dass die Innenstadt wieder zugemacht werden soll. Meinen Sie, es wurde wieder eine Bombe aus dem letzten Weltkrieg gefunden?«, fragte ihn Edgar neugierig. »Ach was, Sie haben aber eine Fantasie! Jeder weiß, dass es Bomben nicht mehr gibt. Jedenfalls wurde 2084 die letzte gefunden. Wie auch immer, komplett abgesperrt, nur weil so 'ne Kunstausstellung stattfindet. Lediglich Limousinen dürfen rein und raus fahren.«

»Das habe ich ganz vergessen«, sagte Edgar und kramte eine Einladung aus seiner Aktentasche. »Dann lassen Sie mich einfach vor einer der Absperrungen raus. Ganz gleich wo, ich laufe dann den Rest.«

Gedankenversunken schaute Edgar aus dem Fenster. Er sah das schwarze Gesicht der Nacht mit den Millionen aufleuchtenden Lichtern, die nur der Schein der verdunkelten Sonne waren.

Millionen von Menschen, die ausgelöscht worden sind. Er stellte sich diese Zahl vor, und hinter jeder Null standen Männer, Frauen und Kinder ohne Gesicht. Ihm Unbekannte, Verwandte, Freunde, Liebende, einander völlig Fremde, nach Trost suchende, kleine Hände zu Gott betende, atmende Geschöpfe.

»Sie können hier raus. Mister, sie schulden mir ...« Edgar gab ihm das Geld, und als er auf dem Bürgersteig stand, gab der Fahrer ihm eine Bemerkung, die Edgar aber nicht mehr hörte – er war schon fast bei der anderen Straßenseite.

Er war in seinem Anzug mit dem marineblauen Hemd. Es fühlte sich an, als hätte er sich umgezogen und vorher geduscht, aber das konnte nicht sein. Er war direkt aus der Botschaft hierhergefahren. Er kramte die Einladung vor und zeigte diese am Eingang.

»Mein Freund! Du bist tatsächlich gekommen«, begrüßte ihn eine mit britischem Akzent gesüßte Stimme.

Edgar drehte sich um. Vor einem Spiegel stand Sullivan, sein alter Freund aus Studienzeiten, der Künstler.

»Heut Abend spiel ich den Gastgeber. Einen Drink? Ja, wieso frag ich denn noch? Champagner! Cristal!«

Eine Kellnerin mit tiefen, dunklen Augen überreichte Edgar das Glas Champagner. Sie schaute so eindringlich, dass ihm vor Verlegenheit schwindelig wurde.

»Was ist mit dir? Geht es dir nicht gut? Du siehst müde und überarbeitet aus«, gönnst du dir keine Auszeit?«

»Ich bin etwas müde. Kein Auge tu ich zu, und wenn

ich schlafe, sehe ich sie. Dann wache ich auf und liege wach bis um sieben Uhr und denke fortwährend an sie. Dann klingelt der Wecker, und ich mache mich übermüdet und unausgeschlafen auf den Weg zur Arbeit. Ich habe keine Nachricht von Coyten mehr erhalten. Ich weiß nicht, wie es ihr geht.«

»Es ist unheimlich, so viel Zeit an jemanden zu verschwenden, der an dich offensichtlich nicht denkt«, sagte Sullivan und zog an seiner dünnen Zigarette. »Dreckszeug. Ich höre heute bereits zum vierten Mal auf.«

Kurzes Gelächter der umstehenden Gäste. Edgar merkte, es war der falsche Augenblick, Sullivan etwas zu erzählen – zu viele Leute waren anwesend, und es war Sullivans Abend. Es sollte sein Durchbruch werden! Die Kunstszene liebte ihn, er machte die Leute gefügig mit seiner Kunst.

Der Raum war groß und hell erleuchtet von grellen Lichtern. Riesige Spiegel hingen an den Wänden. »Wo sind die Bilder? Es hängen nur Spiegel an den Wänden.«

»Die wirst du gleich sehen«, sagte Sullivan lächelnd.

»Meine Damen und Herren«, sprach eine gutaussehende junge Frau oben auf der Treppe, »es wird Zeit,
die Bilder zu enthüllen. Unser geliebter und ge-
schätzter Künstler Sullivan, der Meister der Fantasie, will mit uns allen heute Abend etwas teilen. Ei-
ne Erfahrung, die man zuvor nicht erlebt hat.«
Alle applaudierten – Krampfhafter Jubel brach aus.
»Wo sind die Bilder?«, fragte Edgar erneut.
Die an den Wänden hängenden Spiegel wurden erleuchtet, und zu jeder Person, die vor solch einem
Spiegel stand, kamen Frauen in weißen Kitteln.
»Die wahren Bilder verbergen sich hier oben«, Sullivan deutete auf seinen Kopf. »Das sind die wahren
Kunststücke. Nun stell dir etwas vor: ein Bild, einen
Gedanken, eine Fantasie – und konzentriere dich ...«
Edgar stellte sich nichts vor. Sie war ja immer da –
ständig präsent. Dann sah er sie. Sprachlos schaute
er Sullivan sogleich an. Coyten, sie war da im Spiegel. Gefangene seiner Gedanken und Fantasien.
»Hast du sie auch gerade gesehen? Es war Coyten.
Aber wie ist das möglich? Das ist keine Kunst, das
ist viel mehr", sagte Edgar fassungslos und blickte
in die anderen Spiegel, und sah die Gedanken und

Gefühle der anderen Menschen, die ebenso fassungslos und verblüfft waren, wie Edgar in jenem Moment.

»Lieber Freund, alles ist möglich in unserer Zeit. Schau dir erst die anderen Bilder an.« Bewundernd blickte Sullivan kurz um sich und fuhr dann fort: »Die Zeit ist geprägt von der Technik, aber in den Köpfen der Menschen liegt die Sehnsucht nach Glück und Liebe. Manche glauben, erst wahre Liebe mache einen Menschen vollkommen. Und ich zeige ihnen, dass sie selbst das Vollkommene erschaffen können – hier oben. Man braucht für das wahre Glück keinen anderen Menschen. Liebe ist nur eine Illusion.«

Edgar blickte sich in dem Raum um, in dem vorher an allen Wänden lediglich Spiegel gehangen hatten. Jetzt saugten die Spiegel die Fantasien der Menschen auf. Die Wahrheit der Gedanken lag unerbittlich auf der spiegelnden Oberfläche. Einige der Akteure versuchten ihren Blick abzuwenden, verwirrt vor der Offenbarung ihrer eigenen dunklen Seelen. »Du bist ein wahrer Künstler! Nein, du bist viel mehr als das – du bist genial! Ein Genie! Ein Genie, Sullivan! Ein Hoch auf Sullivan!«, schrie Edgar, und die tobende Menge applaudierte laut und heftig. So dass Sullivan sich mehrmals verbeugte.

Sullivans bernsteinfarbenes Haar flammte rot auf. »Wie hast du das gemacht? Was ist das für eine Technik«

»Ach Edgar, du weißt doch, wie schwer es heutzutage ist, als Wissenschaftler eine Lizenz zu bekommen. Als Künstler ist man freier – das ist belächelbare Kunst«, sagte Sullivan nun traurig uns einsichtig ernst. Er wandte sich ab, mit dem leeren Champagnerglas in der Hand.

Vergiftet von der Liebe vergaß Edgar für einen Tag das Elend auf der Straße. Er vergaß, dass durch organisierte Epidemien und rasch wirkende Krankheiten der Tod gebracht wurde. Er vergaß, dass Hunger die Menschen plagte und Kriege mit den Muslimen stattfanden. Wie konnte man so etwas vergessen?

»Verzeihung, ich bin von der *World United* – dürfte ich Ihnen ein paar Fragen stellen?«, erkundigte sich eine charmante junge Frau in einem auffälligen, Kleid.

Sullivan sah dieser Journalistin in die Augen, misstrauisch blickte er in die Pupillen, die wie Kameras aussahen.

»Alle Informationsdienste, TV, Radio und auch Printmedien unterliegen der Kontrolle«, flüsterte Sullivan Edgar ins Ohr. Aber lass uns das Spiel mitspielen!

Edgar nickte nur und dachte: »Auch ich bin anscheinend Teil dieser Kontrolle.«

»Ich sage nur, dass diese Kreation jedem Individuum verdeutlicht, dass er kein experimentell funktionierendes und zu Forschungszwecken erschaffenes Wesen ist. Die Lager sind überfüllt. Nationalstolz vernichtet, Rassenidentität ausgelöscht. Ein Blick in den Spiegel, und man sieht die Wahrheit.«

Die Journalistin lachte amüsiert auf, die Worte Sullivans nicht ernst nehmend.

»Ich habe doch gerade Ihre Stimme gehört«, sagte Edgar zu sich selbst, »es kann keine Einbildung gewesen sein«, er hielt inne, lauschte angespannt in die Still des Lärms und Getümmels.

Er lief zum Ausgang. Wie ein toter Vogel schwankte er von der einen Straßenseite zur anderen. Seine Flügel waren weg. Er hatte das Gefühl, nie wieder glücklich sein zu können. Das alles verwirrte ihn.

»Verzeihung, Mister, bleiben Sie kurz stehen. Warten Sie doch! Sie haben Ihren Mantel und Ihren Schal vergessen«, rief eine Stimme hinter ihm herrennend.

»Meinen Mantel?«

Edgar bekam einen samtschwarzen Mantel gereicht und einen Schal. Aber er war doch ohne Mantel hierhergekommen. Oder nicht? Wozu der Mantel? Es musste eine Verwechslung sein.

Er ging zu Fuß weiter, und der plötzlich aufkommende leichte Regen schimmerte im Laternenschein. Die Wasserkristalle legten sich auf seine Lippen und schmolzen. Und da, am Brunnen, sah er sie. Er lief dorthin, wo er schon einmal, in seinen Gedanken mit ihr, vorbeigegangen ist. Hand in Hand. Glücklich.

»Hallo, ich habe hier auf dich gewartet«, sagte die Frau im roten Mantel.

Tatsächlich, da war sie. Er hatte sie sich nicht erdacht, sie war nicht das Produkt seiner Fantasie, sondern eine lebendige, atemlose Wirklichkeit. Ihre Schönheit war eine leise Melodie, verborgen in der sanften Perfektion ihrer Züge, in den tiefblauen Augen, die wie ein unergründliches Geheimnis funkelten – ein stiller Zauber, der den Atem raubte und die Zeit in einem flimmernden Augenblick stillstehen ließ. Es war eine unbeschreibliche Freude, die in seinen Augen erwuchs, als ob er hinter einen Wasserfall blickte und dort einen Schatz fand.

Er nahm sie bei der Hand, drückte sie an sich. Versuchte sie zu küssen, doch sie wich im aus.

»Ich werde nun den Remote-Zustand abschalten, wir sind uns nun ganz nah, das sollte kein Problem darstellen.«

Edgar nickte, nichts davon begreifend, mit dem Kopf.

»Was ist passiert? Wo warst du so lange?«, fragte er sie.

»Verzeih mir, Edgar, ich muss dir nun die Wahrheit

sagen. Wir wurden beide auserwählt. Wir wurden programmiert, einen Dialog auf einer anderen Realitätsebene aufzubauen. Unsere Gehirnfrequenz wurde so modifiziert, dass sie Zugang zu Bewusstseinsbereichen erhielt, die außerhalb unserer materiellen Welt existieren. Sie drangen in deine Denkstrukturen ein, während du dich im Schlafzustand befunden hast. Da entwickelten sie neue Denkweisen für dich. Du machtest außerkörperliche Erfahrungen, und als diese Geschehnisse sich im Tagtraum wiederholten, war es so, als ob du erst vor wenigen Sekunden etwas empfunden hättest, obwohl es schon lange zuvor passiert war. Wir beide können untereinander ‚neuronale' Felder aufbauen. Wir sind gedanklich immer beieinander.«

»Was heißt das? Sind wir Telepathisch verbunden?«, fragte er leicht lachend, und nahm nichts davon ernst.

»Wir können Gedanken empfangen, denn unsere Gehirne wurden direkt aufeinander abgestimmt, sodass wir alle möglichen Informationen und Energien austauschen können. Manchmal schaltest du dein bewusstes Denken aus und hast dann Erinnerungslücken. Du vergisst etwas, und erfindest dann etwas, was nicht stattgefunden hat. Wir befinden uns immer in einer nonverbalen Kommunikation. Aber etwas ist schiefgelaufen. Es sollten keine Erinnerungslücken auftreten«, erklärte sie ihm.

»Das heißt, du bist nur ein Traum? Du bist nicht echt?«

»Nicht ganz. An deinem ersten Arbeitstag wurden wir einander in der realen Welt vorgestellt.«

»Beim Abendessen. Ich war mit Iris da«, sagte Edgar verloren.

»Du wurdest von ihr getrennt und hineingeboren in ein erdachtes, physikalisches Universum, das ebenso aus Energie, Raum, Masse und Zeit besteht.«

»Alles in der Welt hat diese primären Bestandteile.«

»Doch du lebst in einer anderen Welt – einer simulierten Welt. Diese Wahrheit sollte dich nie erreichen.«

»Warum treffe ich dich dann hier, Weshalb jetzt?«

»Du hast mich bereits getroffen, das jetzt ist nur eine Erinnerung. Sie wird erlöschen und zu einer Erinnerungslücke künstlich umformatiert werden«

»Ich kann mich an nicht so vieles mehr erinnern«,

beichtete er ihr. »Ich denke nur an dich, die ganze Zeit.«

»Durch intensive Konzentration wirst du geistig müde ...«

»Coyten – ich glaube dir kein Wort! Ich weiß, wir haben uns geliebt. Wir hätten uns ein vollkommenes Leben aufbauen können. Du bist die, die ich will.«

Sie kurz um sich, so als würde sie beobachtet werden. So als müsse sie Ihre Mission zu Ende bringen.

»Edgar, das war Fantasie und Einbildung. Nicht die Wirklichkeit. Nur der Empfang von Botschaften aus großer Entfernung. Mental übermittelte Informationen, die uns einander lieben ließen, die uns tiefgreifende Emotionen bescherten, die uns zu einem Ganzen machten. Sie nennen es *Seelenverwandschaft*. Alles, was du geglaubt hast, war nur ein Experiment, in dem deine Gefühle ein Test waren. Eine reine Datenermittlung. Ein Versuch, telepathisch einen anderen Menschen, durch Liebe in ihrer reinsten Form, beeinflussen zu können. Nichts war echt.«

»Du hast mich geliebt, Coyten, ich habe es gespürt!«

Coyten blickte ihn an, und ihre Augen zerrissen all seine Hoffnung in der Luft. Er las aus ihren Augen.

157

Es war wie ein stiller Dialog, der sich gegenseitig anblickten Augenpaare. So wie Licht und Schatten. »Nach dem Aufwachen wirst du Ausschnitte aus den Traumbildern sehen. Ein Gemälde aus bekannten Gesichtern und unbekannten Menschen. Ein loses, zusammenhängendes Ereignis. Dein informationsverarbeitendes System wird um Punkt 12 Uhr abgeschaltet, und du kannst nichts dagegen tun. Du wirst alles vergessen. Und über die Vergangenheit keine bewusste Kontrolle haben. Anfangs wirst du an Konzentrationsstörungen leiden, an Depressionen. Schlafstörungen und Schlafunterbrechungen werden vorkommen. An maximal vierzig Nächten wirst du keine Träume sehen. Damit wird das Experiment endgültig beendet sein«, teilte sie ihm mit.

»Experiment? Coyten, wovon redest du da? Du bist doch wahnsinnig. Ich liebe dich mehr als alles andere auf dieser Welt. Für dich habe ich meine Frau verlassen!«

»Edgar, deine Gefühle und Wünsche kenne ich, sie zerstörten das Experiment. Solch eine Liebe gibt es nicht!«

»Nein, Coyten, nur der, der nicht geliebt wurde und

selbst nicht geliebt hat, wird die Liebe verleugnen. Aber du wurdest von mir vergöttert, also musst du es auch spüren! Und doch zerstörst du uns!«

»Wach auf, Edgar«, flüsterte sie, ihre Stimme so herrisch, und doch trug sie all den Schmerz, den Worte nicht zu fassen vermochten. »Wach auf, bevor du dich in einem Albtraum wiederfindest, aus dem es keinen Ausweg gibt.«

Das Wasser im Brunnen verdunstete, als ob es sich selbst spurlos aufgab, und der Nebel verformte all das Geschehen zu einer vagen Silhouette. Sie erkannten einander, und schauten sich an, als ob selbst die Welt ihren Sinn verloren hätte.

Coyten und Edgar standen da, wie zwei Geister, die in einer Zeit gefangen waren, die nie ihre gewesen war. Sie schienen nicht mehr zu leben, sondern in einem Raum zwischen den Momenten gefangen zu sein. Momente, die sie nie teilen durften.

Sie lehnte sich an ihn. Und als er ihre Lippen mit seinen berührte, so kalt und doch so vertraut, war es, als sei es nicht das erste Mal.

Ihre Lippen, so aufeinander abgestimmt, wie zwei Teile eines zerbrochenen Ganzen, waren nicht nur eine Berührung – es war ein Versprechen, das sie sich nie gegeben hatten, aber welches zwischen ihnen stand. Unaufhörlich gegenwärtig, als ob sie einander immer schon gehört hätten – aber nie wirklich zueinanderfinden konnten. Es war eine Verbindung, die tiefer ging, als Worte es je könnten – und in diesem Kuss lag mehr als nur der flüchtige Moment der Nähe. Er durchzog ihr Leben, als ob sie sich in einem ewigen, niemals endenden Kreis befunden hätten – ein Kreis, in dem sie nie zusammenfinden durften, aber immer wieder aneinandergerieten, ohne sich je zu erreichen.

INHALT